Impressum:
© 2018 Dagmar Dornbierer
Herstellung und Verlag: Bod-Books on Demand, Norderstedt
ISBN 9783752839555

Kontakt:
www.dagmar-dornbierer.jimdo.com
dagmar.dornbierer@dolphins.ch

VON DER AUTORIN SIND AUSSERDEM ERSCHIENEN:

Jan Hus – Der Wahrheit Willen
Betrachtungen, Essays und ein Schauspiel
(2015) ISBN-9783734754517

„Lieber Jan... Milý Jane..."
Ein fiktiver Brief an Jan Palach – 2005/2017
Deutsch und Tschechisch, ergänzt mit Vorwort und Erklärungen
ISBN 9783743166301

Das Buch der gespiegelten Zeit – Inspirierte Erzählungen
Kurzgeschichten
(2016) ISBN-9783837044881

Impressionen
Poesie aus vier Jahrzehnten und in drei Sprachen
(2016) ISBN-9783837045017

Frauen mittendrin Teil I. – Eliane und ihre GeschiCHten
Gegenwartsliteratur, Vergnügliches aus der Schweiz
(2016) ISBN-9783837044799

Frauen mittendrin Teil II. – Marcelas stille Integration
Gegenwartsbiographie, Tschechoslowakische Emigration in die
deutsch-sprachige Schweiz 1968
(2017) ISBN 9783837045215

IN VORBEREITUNG:

Die Handschrift
Historischer Roman aus dem 15. Jahrhundert

Maria Mancini, Die Freiheit der Fürstin Colonna
Romanbiographie aus dem 17. Jahrhundert

Capitor, Malerin des Bastarden
Historischer Roman aus dem 17. Jahrhundert

Über die Autorin:

„Schreiben ist wie atmen", sagt Dagmar Dornbierer, „es ist lebensnotwendig".

Beim Schreiben und beim Recherchieren taucht man in verschiedenartige Themen, Welten und Zeiten ein, um sie gründlich zu erforschen. Man macht sich vertraut mit Zeitepochen, mit Orten und Personen. Dies macht Schreiben so interessant, dass die Begeisterung auf die Leser überspringt.

Die Themen, über die Dagmar Dornbierer schreibt sind vielfältig. Bei der Themenwahl lässt sie sich durch aktuelles aber auch durch historisches Geschehen inspirieren. Oft entstehen am Rande umfangreicher Werke kleinere Fragmente, Essays und Splitter, die ein eigenständiges Leben führen.

Eigenständiges, Eigenwilliges und Eigensinniges enthält auch das vorliegende Buch. Es sind Geschichten zur Geschichte oder Erzählungen über Geschichte(n), denn oft ist unsere Geschichtsschreibung doch nur eine Sammlung von Geschichten. Geschichtsschreiber werden zu Geschichtenerzählern. Nicht immer steht dabei die Geschichts-Wahrheit im Mittelpunkt, oft verfolgen Geschichten einen ganz anderen Zweck. Solange sie zum Lesen anregen, ist alles in Ordnung…

Inhalt

Dagmar Dornbierer

SPÄTLESE
Geschichten über Geschichten

Dieses Buch handelt von erzählten Geschichten, von Erzählungen über einst erzählte Geschichten und von Überlegungen dazu. Erzählte Geschichten, mit viel Sinn bilden die Grundnote sowohl der menschlichen Geschichte als auch dieses Bandes. Damit das sinnige Philosophieren jedoch nicht zu schwer werde, seien noch einige Spritzer erfrischenden und abrundenden Unsinns hinzugefügt.

In ruhigen Momenten, selbst spät nachts, wenn überall Ruhe herrscht und Gedanken sich entfalten können, entfaltet sich auch die Wirkung der Erzählungen. In den ruhigen Augenblicken, wenn die Zeit langsamer zu vergehen scheint, sind wir bereit die Wirkung der Worte aufzunehmen – wie das süffige, angenehme Aromabouquet einer sorgfältig gekelterten „Spätlese"…

Die Vision der Sprache

Sprache gleicht einem Wasserlauf. Wasser sucht sich immer seinen Weg. Unerwartet. Wasser dringt durch Ritzen, fliesst durch Fels und Gestein. Genauso fliesst und verhält sich die Sprache.

Wortverbote sind nutzlos. Sprache wird sich immer einen Weg bahnen – wie ihr Vorbild, das fliessende Wasser, welches mit jeder Welle, jedem Kräuseln an seiner Oberfläche, etwas Neues erschafft.

Die Menschen werden Worte neu erfinden,
Worte verbinden.
Die Sprache wird fliessen und
Hindernisse überwinden,
um letztendlich als mächtiger Fluss in ein Meer zu münden.

Das Meer heisst Verständnis, und alle Sprachenflüsse dieser Welt strömen ihm zu...

Die Macht der Geschichten

Die Welt besteht aus Geschichten. Geschichten werden erzählt seit dem Beginn dieser Welt und sie erzählen besonders gerne vom Beginn der Worte. Einige dieser Geschichten haben sich schon so sehr festgesetzt, dass sie zu starren Glaubensbekenntnissen, zu Religionen, wurden. So gesehen, war am Anfang tatsächlich das Wort.

Geschichten verfügen über ungeahnte Kräfte.

Geschichten und allerlei Erzählungen bilden die Grundlage der Kulturen. Jeder Mensch hat dabei seine eigene Geschichte. Ob sie jemals weitererzählt wird oder auch nicht – sie gehört zu seinem Bewusstsein.

In der Schule beginnt das grosse Geschichtenerzählen. Wir hören ehrfurchtsvoll, oder gelangweilt, von unzähligen antiken Griechen und Römern, die vor Bildung strotzten und in weisen Zitaten redeten. Wohlgemerkt, es sind immer nur die antiken Griechen und Römer, als hätte es keine anderen gebildeten Menschen auf der weiten Welt gegeben. Diese antiken Griechen und Römer waren alle sehr produktiv, sehr fruchtbar im Schreiben von Werken, die sie einer staunenden und ehrfürchtig das Knie vor so viel Gelahrtheit beugenden Menschheit präsentierten. Gelahrtheit – ein wunderschönes deutsches Wort, das Wissen und Weisheit vereint, und ein als gelahrt bezeichnetes Individuum in den Olymp des Geistes aufsteigen lässt. Unnachahmlich. Unerreichbar. Bei diesen Individuen handelt es sich immer um Männer in einem bereits fortgeschrittenen Alter, in lange Gewänder gehüllt, mit wallendem Haar und Rauschebart. Dort, wo das Haar nicht mehr wallt, rauscht der Bart umso mächtiger. Zumindest haben sich die Bildhauer jener Statuen und Büsten die gelahrten Herren so vorgestellt. Die Bildhauer erzählen deshalb mit ihren Skulpturen ebenfalls fantasievolle Geschichten. Es bleibt die Frage: Was taten die gelahrten Herren eigentlich, um sich eine solche Ehrerbietung nachfolgender Generationen zu verdienen? Sie erzählten Geschichten. Die meisten von ihnen jedenfalls. Diejenigen, die sich mit harten Fakten befassten, wie Mathematik, Geometrie, Astronomie und sogar Musikkomposition, derer waren bedeutend weniger an Zahl. Die Geschichtenerzähler überwogen. Sie waren äusserst fleissige Schriftsteller und Dichter – eben Erzähler, obwohl das Wort Fleiss im heutigen Sprachgebrauch vermieden wird. Fleiss, das erinnert an die ersten Schulklassen, als man sich noch fleissig im Schreiben und Rechnen übte. Fleiss ist altväterlich, nein, noch viel schlimmer, Fleiss gehört in den Bereich weiblicher Haushaltführung des 19. Jahrhunderts – ganz schrecklich! Das Wort Haushalt gilt heute sowieso nur im Zusammenhang mit der Vorsilber Staats- als öffentlichkeitstauglich. Fleissiges Haushalten gehört eben einer vergangenen, belächelten und romantisch naiv verklärten Epoche an. Haushalten – das war in jedem Fall unter der Würde der gelahrten Rauschebartträger, und hätte man sie als fleissige Geschichtenerzähler bezeichnet, hätten sie sich wahrscheinlich heftig dagegen gewehrt. Diese Herren bezeichneten sich als Weise, als Philosophen, die

ihre Weisheit an Schüler weitergaben. Das mag wohl sein –
denn sie erzählten ihren Schülern Geschichten.

Unsere gesamte Bildung gründet auf erzählten Worten, auf
Erklärungen und Erzählungen. Nun weiss man, dass
Geschichten schon zu Zeiten erzählt wurden, die wir
unsinnigerweise prä-historisch nennen, vor-geschichtlich,
als hätten sie mit unserer Geschichte gar nichts zu tun.
Zeiten, als angeblich Jäger und Sammler am Feierabend
ums Lagerfeuer sassen und ihr Jägerlatein zum Besten
gaben. Auch dies ein anmassender Ausdruck, der jedem
Jäger Bildung abspricht, denn welcher Jäger kann schon
Latein. Latein ist bekanntlich das allerhöchste Bildungsgut,
untrügliches Zeichen verfeinerter Kultiviertheit.

Irgendwann muss der Zeitpunkt gekommen sein, als es den
Geschichtenerzählern nicht mehr genügte nur Erzähler zu
sein. Sie nannten sich Philosophen, „jene, die die Weisheit
lieben". Dann philosophierten die Philosophen und
schwadronierten, und das einfache Volk staunte mit
offenem Mund ob so viel Liebe zur Weisheit.

Die Zeit strebte unaufhörlich weiter. Hie und da erkannten
selbst die Philosophen, dass ein bisschen Ordnung in den
erzählten Geschichten angebracht wäre. Ein wenig
Aufräumen und Entstauben. Bündeln, was zusammen
gehörte. Die Universitäten des westlichen Europa
entstanden, Stätten einer geordneten, wohl strukturierten
Institutionsbildung, wo Chancengleichheit herrschte, denn
Lernerfolge wurden nun messbar, kategorisierbar und
bewertbar. Doch wer legte fest, was des Lernens wert war
und was es dabei zu bewerten galt? Auch hierüber erzählt

man uns heute schöne Geschichten, denn ohne Streit unter den damaligen Experten wird es nicht gegangen sein. Die einen gewannen den Streit, die anderen nicht. So oder so, es entstand ein Lerngerüst, welches Jahrhunderte überdauerte und nur geringen Veränderungen ausgesetzt war. Man hatte ein Grundstudium aus drei Fächern festgelegt, worauf das weiterführende Studium, bestehend aus vier Fächern, aufbaute – das Trivium und das Quadrivium waren geboren. Darum erscheint uns heute so Manches „trivial", was sich nur mit den „Basics" abgibt.

Die Art des Lernens und Erforschens der Welt und des Lebens entwickelte sich weiter. Sie gründete immer noch auf dem Erzählen von Geschichten, doch die Erzähler bezogen sich nun gegenseitig auf einander. Sie wurden sich selbst zu sprudelnden Quellen der Weisheit. Manchmal wagte es sogar einer, eigene Schlüsse aus dem Erzählten zu ziehen. Dass dies nicht ganz ungefährlich war, beweisen zahlreiche Gerichtsakten und Ketzerprozesse. Doch Denken ist immer mit Gefahr verbunden, vor allem das selbständige Denken, welches sogar zu selbständigem Handeln führen kann. Nicht auszudenken!

Die Geschichtenerzähler drehten sich im Kreis ihrer geliebten Philosophie – es war so schön gemütlich. Man trug auch keine Verantwortung, schliesslich hatte man die Geschichten von früheren gelahrten und grossen Denkern gelernt, und da gab es nur noch staunend deren Geisteskraft zu bewundern. Doch die Welt wandelte sich, und unbemerkt hatten sich sehr erdbezogene, praktisch anwendbare Erkenntnisse in den Vordergrund geschoben.

Natürlich konnte auch über Mathematik und Geometrie jahrelang philosophiert werden, doch die Dinge draussen in der Welt wollten berechnet, gewogen, bemessen, erforscht sein. Es genügte nicht mehr nur Geschichten zu erzählen und sich auf andere, längst verstorbene Erzähler früherer Geschichten zu berufen, um gelehrt und gelahrt zu sein. Auch das niedrige und grundlegende Wissen musste nun in den Tempeln der Weisheit zugelassen werden. Dazu kamen auch noch all die vielen lästigen Dinge, die man als handwerkliches Geschick doch lieber den unteren Gesellschaftsschichten überliess – all das, wozu auch Hände benötigt werden, um zu einem Resultat zu gelangen. Mechanik, Architektur, bildende Künste, Medizin, Physik, Chemie… Nur die Juristen schafften es sich von Anfang an einen Platz an der Sonne der Weisheit zu verschaffen – aber eben, Juristen erzählen oft die grössten Geschichten.

Die Philosophen hatten nun zwei Möglichkeiten: Entweder sich der neuen Art anzupassen und mit anzupacken, oder sich wenigstens den Anschein zu geben, dass auch sie der Forschung und Wissenschaft dienten. Die Philosophen nannten sich fortan Natur-Philosophen. Sie nannten sich auch Philologen, Mythologen, Paradoxographen etc. – und zuletzt Humanisten. Sie erzählten weiterhin die gleichen alten Geschichten, sie beriefen sich weiterhin auf längst verstorbene Erzählerkollegen – und sie tun das bis heute. Bis heute ragen allerorten die Elfenbeintürme hoch in den Himmel, und bis heute hat noch niemand so richtig erklärt, was das Wort Wissenschaft tatsächlich bedeutet. Dies ist das grosse Geheimnis der Geschichtenerzähler.

Das Muster dabei ist ganz einfach: Zuerst wird ein Mythos erzählt, das ist Mythographie, dann werden die dazu entsprechenden Heiligenlegenden kreiert, das nennt sich Hagiographie, und zuletzt findet die Meinungsbildung statt, das heisst dann Doxographie – dies alles geschieht möglichst wortreich.

Das sogenannte Volk, „Vulgo" – der „Haufen", all die Ungebildeten, das heisst jene Menschen, deren Geist nicht den Dunst des Alltags zu durchdringen vermochte, um sich in die kristallenen Höhen des gelahrten Denkens aufzuschwingen, jene Menschen hatten sich in der Zwischenzeit ihre eigenen Geschichten erfunden und erzählt. Ihre Geschichten wurden von anderen weitergereicht, ausgeschmückt, neu erzählt, eine Tradition entstand. Doch seit einiger Zeit, werden solche Überlieferungen von fremden Geschichtenerzählern mit anderen und zweifelhaften Erzählungen verdrängt. Die fremden Geschichtenerzähler behaupten jetzt, dass nur sie das Recht hätten Geschichten zu erzählen, sie aufzuschreiben und zu veröffentlichen. Sie erzählen und schreiben tagtäglich so viel, dass niemand mehr allem zuhören oder alles lesen mag. Da sie täglich schreiben müssen, nennt man sie Journalisten. Manche schreiben sogar auf Vorrat – zum Beispiel Nachreden auf berühmte Zeitgenossen. Nur dumm, wenn eine solche auf Vorrat geschriebene Nachrede aus Versehen zu früh in der Zeitung erscheint.

Sollte jemand, der nicht zur Zunft der Journalisten gehört den Anspruch erheben, in den vielen, täglich neuen

Geschichten einen roten Faden, eine Lehre oder zumindest einen Ansatz von gesichertem Wissen zu finden, so ist dies ein nutzloses Unterfangen. Die tatsächlichen Geschichten, die zur Weisheit führen könnten, werden vor lauter leeren, täglich wechselnden Worthülsen verdrängt. Im Zeitalter der Information wird es immer schwieriger, wahre Information aufzuspüren, von Weisheit gar nicht zu sprechen.

Der heutige Zeitgeist verhält sich gegenüber Bildung nicht ganz konsequent. Einerseits werden Lernanforderungen gestrafft und entrümpelt – dabei entledigte man sich sogar des allgegenwärtigen Lateins als der unfehlbaren Bildungsmesslatte. Dafür kann man jetzt einen Doktortitel in Gender Studies, Business Administration oder Journalistik erhalten. Hierfür wurde eine Art neues Latein erzeugt, eine andere Weltsprache, in der jetzt moderne Geschichten erzählt werden, denn zur Verständigung braucht es immer ein allgemeines Verständigungsmittel.

Das Erzählen der Geschichten geht weiter. Es vollzieht sich auf neue Art, jedoch nach dem wieder eingeführten, mittelalterlichen Bewertungssystem der zwei Grade: Bakkalaureus und Magister. Anscheinend hatten unsere Vorfahren im Mittelalter bereits den Dreh raus wie Globalisierung am einfachsten geht, nämlich mit einem einheitlich strukturierten Bildungswesen – sprich: Geschichtenerzählen – und einer dazu geeigneten, einheitlichen Sprache. Damals war es Latein, heute ist es Englisch, in einigen hundert Jahren wird es vielleicht Russisch oder Chinesisch oder sonst etwas sein. Geschichten werden gewiss weiterhin erzählt werden.

Was zu tun bleibt, ist in der Fülle und dem Überfluss all der erzählten Geschichten nicht den eigenen Kopf zu verlieren. Das ist einfacher gesagt als getan, denn dazu braucht es erstens den Willen, um sich zurechtzufinden und sich Kenntnisse anzueignen – und zweitens einen Sinn dafür, was an welchen Geschichten wahr ist und was ins Reich der Fabel gehört. Genau an diesem Punkt wären unsere Bildungsinstitutionen gefragt, ihren Schülern die Fähigkeit der Unterscheidung beizubringen. Hoffen wir, dass sie es tun. Wie man das macht? Indem man Geschichten erzählt....

Man lehrt uns

Begutachten, schätzen, beurteilen - Zensur

M an lehrt uns, dass mit dem Aufkommen des Buchdrucks der Siegeszug der individuellen Meinungsbildung begann und dass Machtstrukturen zu bröckeln anfingen – allen voran die Machtstruktur der Kirche. Endlich hätten kluge Köpfe ihre eigenen Ansichten schnell und weiträumig verbreiten können. Das gedruckte Flugblatt, das gedruckte Buch hätten die Verbreitung von Informationen auch innerhalb jener gesellschaftlichen Schichten ermöglicht, die sonst vom Informationsfluss abgeschnitten waren.

Je länger ich jedoch die Geschichte anschaue, je länger ich Geschichtsschreibung betrachte – die innig mit dem Buchdruck verbunden ist – und je länger ich über den Verlauf der historischen Ereignisse seit der Erfindung des Buchdrucks bis zur Gegenwart nachsinniere, desto mehr komme ich zur Einsicht, dass die Dinge vielleicht anders liegen als geschrieben steht.

Einige moderne Philosophen behaupten, dass sich politische und gesellschaftliche Strukturen unweigerlich verändern, wenn sich die Art und die Mittel der Kommunikation verändern. Das galt zu Beginn der Achtziger Jahre gewiss noch als Geistesblitz, als man bereits wieder vergessen hatte wie revolutionär und tief die Einwirkung von Telegrafen und Telefonen in das menschliche Leben gewesen war, und als die Zeit des elektronischen Medien noch bevorstand. Doch spätestens seit Mobilkommunikation, Facebook, Twitter und Co. wissen wir: „Stimmt." Die Strukturen der menschlichen Gesellschaften werden durch Kommunikationsmittel und durch Informationsverbreitung grundlegend verändert. Welche Einflüsse die Wandlung der Kommunikationsart auf die Qualität des übertragenen Kommunikationsgutes und somit auf die Qualität der menschlichen Denkweise hat, soll hier nicht erörtert werden.

Wie wirkt sich eine schnellere und mengenmässig grössere Verbreitung von Nachrichten auf politische Ordnungen aus? Auf Machtstrukturen? Auf Machtbehauptung und Machterhalt? Und darf man heutzutage überhaupt derart aggressives Vokabular in Bezug auf die politische Führung benutzen? Führt das nicht alles zum Phänomen „Fake News" – und Hand aufs Herz – was ist an „Fake News" schon neu? Falsche Behauptungen, Verleumdungen, Gerüchte und dummes Geschwätz gibt es auf der Erde seit die Menschheit sprechen kann. In all diesem Missklang gehen die echten und wahren Aussagen meistens unter, und sollten sie das einmal nicht tun, so erscheinen sie zuweilen einigen Leuten als gefährlich. Dann muss dagegen etwas getan werden, dann ertönt der Ruf nach Kontrolle und Überwachung…

…und schon sind wir mitten im Thema: Mit jeder neuen und veränderten Art von Verständigung und mit jedem neuen Mittel zur Weiterleitung von Nachrichten (was lediglich deutsche Bezeichnungen für Kommunikation und Information sind), kommt die Zensur. Dieser lateinische Begriff musste innerhalb der römisch-lateinischen Kultur derart treffend gewesen sein, dass sich andere Sprachen schwer taten, ein eigenes, einzelnes Wort dafür zu bilden. Spricht das etwa für jene Kulturen, die sich der römischen so lange widersetzt hatten? Das lateinische Wort „**censere**" bedeutet laut Duden: **Begutachten, schätzen, beurteilen.** Das erscheint auf den ersten Blick noch ganz harmlos. Solange es beim Begutachten, Schätzen und Beurteilen nur darum geht, wer als Superstar, Modell, Tennisprofi oder Stellenbewerber in die nächste Runde kommt, mögen diese wertenden Tätigkeiten sogar einen gewissen Sinn haben. Beurteilt und eingeschätzt wurden wir alle als Schüler, damit unsere Ausbildung auf einer höheren Stufe weitergehen konnte. Doch begutachten, schätzen und beurteilen hängen immer mit einem abschliessenden Urteil zusammen. Da wir uns glücklicherweise in unserer Gegenwart die Praxis der Gottesurteile abgewöhnt haben, wird jenes Gutachten von Menschen gesprochen – und Menschen können durchaus verschiedene Zwecke mit ihrer Urteilsprechung verfolgen, dabei müssen nicht immer die hehrsten moralischen Vorsätze zuoberst stehen.

Zensur ist nie harmlos.

Zensur und Beurteilung bauen auf Kriterien auf, die jemand vorgegeben hat. Jemand anderer. Jemand hat aus bestimmten Gründen ein Beurteilungsraster ersonnen, worin sämtliche gesprochenen und vor allem geschriebenen

Äusserungen („Information") passen müssen. Passen sie nicht, so werden sie passend gemacht. Können sie nicht passend gemacht werden, werden sie verboten. Damit die Verbote auch wirken, werden sie durch angedrohte Strafmassnahmen gefestigt und untermauert.

Diese Methode hatten die Römer perfektioniert und die christlichen Kirchen übernahmen sie mit Freuden. Mit der Erfindung des Buchdrucks änderte sich nichts weiter. Die Zensurbehörden bekamen nur mehr Arbeit. In einigen politischen Systemen gehörte die Zensur zum tragenden Gerüst des Staates. Bis heute hat sich an der Handhabung der Zensur nicht viel geändert – im Gegenteil, ein Mittel ist sogar noch dazugekommen: Das Totschweigen.

Schauen wir uns die Zensur-Methode an, wie sie vor der Erfindung des Buchdrucks praktiziert wurde: Schriften hatten durch kirchliche Beamte beurteilt zu werden. Man hat sich angewöhnt in diesem Zusammenhang von „kirchlichen Behörden" zu sprechen, was der Kirche einen ungeheuren Machtnimbus verleiht – die Kirche steigt auf zum einem Staat im Staat. Die römisch-katholische Kirchenorganisation baute diesen Nimbus, diese Machtstruktur, tatsächlich aus, und beim Erscheinen des Buchdrucks fehlten nur noch einige wenige Schritte zum absoluten Höhepunkt.

Das Wort „Behörde" verführt dazu in staatlichen Begriffen zu denken. Es waren jedoch lediglich Kleriker, Beamte mit oder ohne Weihen, Schreiber und Sekretäre an der Kurie, die einer bestimmten „Abteilung" zugehörten. Sie waren bezahlte Mitarbeiter der Kirchenorganisation. Sie taten nur ihren „Job", für den sie bezahlt wurden, und für den ein Pflichtenheft – eine „Stellenbeschreibung" vorlag. Diese Männer sahen Schriften durch, klassierten die darin enthaltenen Aussagen nach vorgegebenen Kategorien als „richtig" oder „falsch", verfassten dazu einen Bericht und ihr Vorgesetzter fügte seine Signatur hinzu. Fortan galten die derart geprüften Aussagen für die Öffentlichkeit als „richtig" oder „falsch". Natürlich gab es seit den Anfängen dieses Tuns auch Gegenwind. Was ist denn „richtig" und was ist „falsch"? Wer bestimmt das, wer setzt das fest und aus welchem Grund? Wer hat einen Nutzen von der Einteilung in „Richtig" oder „Falsch"? Vor allem: Woher nehmen Menschen die Berechtigung dazu, etwas in „richtig" oder „falsch" einzuteilen? Hierzu ein hübsches Beispiel aus dem Alltag unserer Gegenwart: Wenn ich auf einer deutschen Autobahn mit 130km/h fahre, so werde ich wahrscheinlich vor der Mehrheit der anderen Autofahrer überholt, da ich ihnen zu langsam bin, sofern es keine anderweitig vorgeschriebene Geschwindigkeits-begrenzung in jenem Streckenabschnitt gibt. Fahre ich dann auf einer österreichischen Autobahn bei regulären Bedingungen mit 130km/h so ist alles in bester Ordnung. Fahre ich aber auf einer Schweizer Autobahn mit 130km/h, so mache ich mich strafbar, da ich die zulässige Höchstgeschwindigkeit um 10km/h überschritten habe. Was ist nun „richtig" und was ist „falsch"? Die Autobahnen in Deutschland, Österreich und der Schweiz unterscheiden sich nicht grundlegend voneinander, doch jemand hat innerhalb dieser Länder Gesetze festgelegt, die mir sagen, welches Verhalten" richtig" und welches „falsch" ist. Mit 130km/h liege ich in Österreich „richtig", in der Schweiz „falsch" und in Deutschland irgendwo dazwischen. Sowohl Deutschland als auch die Schweiz begründen ihre Vorschriften mit Sicherheit und einem flüssigen Verkehrsverlauf. In beiden Ländern sind Unfälle und Staus an der Tagesordnung. Vielleicht haben sich da die Österreicher für die bessere Variante entschieden, für den goldenen Mittelweg, denn „krachen tut's eh und Stau gibt's weil's viel Leut' gibt".

Mit dem Wort „Zensur" ist immer Freiheitsbeschneidung verbunden. Allein schon das Wort „Zensur" erzeugt sofort negative Gefühle. Zensur gleich Unterdrückung. Zensur gehört eindeutig zu Diktaturen. Von Zensur innerhalb der demokratischen Gesellschaft des 21. Jahrhunderts zu sprechen ist verpönt und wird deshalb selbst zensiert – die „Zensur des Guten" entsteht, die nicht minder unterdrückend ist. Wenn in den sozialen Netzwerken, in Internetpublikationen und auf Plattformen veröffentlichte Aussagen gelöscht werden – oder erst gar nicht zur Veröffentlichung gelangen – wird niemand von Zensur sprechen, sondern lediglich vom Schutz der Nutzer, vom Kampf gegen „Hassreden", und selbstverständlich von Sicherheit und nochmals Sicherheit. Dabei ist es offensichtlich, dass nicht jeder Unsinn öffentlich verbreitet werden muss, und dass es ebenso offensichtlich Dinge gibt, die gefährlich sind, doch das ist eine andere Geschichte.

Zurück zum Beginn dieses Artikels und zurück zum Buchdruck. Er soll jenes Mittel gewesen sein, das seit seiner Erfindung im 15. Jahrhundert siegreich die verhärteten Machtstrukturen vor allem der katholischen Kirche aufbrach und ins Wanken brachte. War dem tatsächlich so? War nicht eher das Gegenteil der Fall? Mit dem Buchdruck kommt natürlich das Thema der deutschen Reformation auf, deren Gedankengut sich durch die Drucke angeblich schneller verbreitete. Doch die reformatorischen Ideen waren schon lange zuvor vorhanden gewesen, und selbst die Strukturen der neu entstandenen protestantischen oder evangelischen Kirche erwiesen sich schon bald als genauso unerbittlich und unterdrückend, wie jene ihrer römisch-katholischen Kollegen. Der Buchdruck wurde lediglich dazu benutzt, damit beide Seiten sich bekriegen konnten – sich im wahrsten Sinne des Wortes „anschwärzen" konnten.

Das neue Medium Buchdruck musste auch gefüttert werden. Drucker druckten, sie setzten einzelne Buchstaben zu Worten und Sätzen. Dies taten sie nach Vorlagen. Nach handgeschriebenen Vorlagen. Buchdrucker waren keine Autoren. Buchdrucker setzten lediglich von anderen handgeschriebene Vorlagen in gedruckte Seiten um. Das Wort „Manuskript" – „Handschrift" hatte seine Berechtigung bis zur Erfindung der Schreibmaschine. Der Vorteil des Druckens kam erst nach dem handschriftlichen Verfassen eines Textes zum Tragen, nämlich die Massenproduktion von Geschriebenem – Büchern, Schriften, Flugblättern und auch Bildern.

Schriftliches Material aus Massenherstellung wurde und wird massenhaft gelesen oder auch vorgelesen. Vorher musste es verkauft werden, der Drucker wurde nun auch Buchhändler oder er gab seine Erzeugnisse einem anderen Händler zum Vertrieb. Die „Buchverlage" entstanden. Das Wort „Verlag" ist heute so eng mit der Produktion und dem Verkauf von Gedrucktem verbunden, dass man gerne seine andere Bedeutung vergisst. Ein wenig spitzfindig ist die Unterscheidung in Verlagswesen und Verlagssystem ja schon. Das erste Wort bezeichnet tatsächlich die Medienunternehmen, das zweite steht für ein Wirtschaftssystem des Zwischenverkaufs. Solche „Verleger" kauften Waren, meist waren es Textilien, in Heimarbeit Gesponnenes, Gewebtes, Genähtes, und bezahlten den Produzenten die „Vorlage", d.h. sie „legten Geld vor". Sie trugen zwar das Risiko des Verkaufs an den Märkten, doch es steht ausser Frage, dass dabei der Profit bei den Zwischenhändlern, den „Verlegern" landete. Die Produzenten waren meist Bauern und Kleinhandwerker. Dieses „Verlagssystem" existierte bereits im frühen Mittelalter und erlebte seit dem 14. Jahrhundert in Europa einen grossen Aufschwung. Florentinische Wolltuchhändler wurden enorm reich dank dieses Systems, und ebenfalls „gut betucht" wurden später deutsche Händler, die tschechischen Heimwebern Leinentuch abkauften. Dieses Leinen war sehr fest und etwas grob, so dass es zu Segeln für Schiffe verarbeitet wurde – und im 19. Jahrhundert gar in die USA importiert wurde, um daraus billige und beständige Arbeitskleidung anzufertigen, die mit dem berühmten „Bleu de Nîmes" gefärbt wurde. Die „Denim

Jeans" war erfunden und trat ihren Siegeszug an. Ihre Vermarktung machte weitere Leute sehr reich, jedoch sicher nicht all die tschechischen Bergbauern, die jede freie Minute an ihren Webstühlen verbrachten. Hier griff die wirtschaftliche Zensur des Verlagssystems, die angeblich der „Markt" vorschrieb.

Im Verlagswesen dagegen, wo es um die Verbreitung von Geschriebenem ging, herrschte die Zensur uneingeschränkt und herrscht weiterhin. Zum „richtig" oder „falsch" einer ideologisch gefärbten Zensur ist noch jene der Wirtschaftlichkeit gekommen. Ein Buch muss sich in erster Linie gut verkaufen. Wenn ich dann durch Buchläden stöbere, mache ich mir Gedanken darüber, was sich da alles angeblich gut verkauft. Aber wie zum Beginn dieses Artikels schon gesagt: Schnelleres Verbreiten von gedruckten oder virtuellen Texten hat mit deren Qualität nichts zu tun – mögen die Texte auch gemäss geltender Kriterien des Begutachten, Schätzens und Beurteilens „richtig" oder „falsch" sein.

Der Zauber der Wirklichkeit

Es war einmal. Theaterwelt. Zauber, Illusion – und darin doch so viel Wahrheit.

Dort stand sie – Cinderella mit den goldenen Schuhen und im weissen Kleid. Auf einer Bühne entführte sie ihr Publikum in das Reich der Märchen. Sie sah ihren Prinzen nicht, doch er sah sie. Er sass im Publikum, er sah – und der Zauber siegte. Er liess sich gerne besiegen – später, nach dem Zauberspiel, als sie das erste Mal miteinander sprachen.

Zeit verging. Monate rundeten sich zu Jahren. Zweimal. Goldüberstäubte Erinnerung an den Zauber jener Bühne.

Illusion ist nur ein anderes Wort für Wirklichkeit.

Der Zauber wirkte weiter sein Werk. Sie trafen sich wieder. Die Illusion hatte sie zusammengeführt. Nun zogen sie beide, Abend für Abend, verträumte Menschen in den Bann der Illusion. Die Menschen sahen ihnen zu, sahen ein Bühnenspiel, liessen sich verzaubern. Die Menschen liessen bereitwillig das Treiben der grossen und geschäftigen Stadt hinter sich, überliessen sich dem Zauber der Wirklichkeit.

Eines Nachts träumte er von ihr. Träumte schlafend in der Nacht von einem Fest, von fröhlichen Menschen einer Familie …und sie, sie war mittendrin. Träumend in der Nacht nahm er an der Feier teil, weitab von der grossen und geschäftigen Stadt.

Traum ist nur ein anderes Wort für Wirklichkeit.

Die Zeit der Bühnenspiele ging weiter. Schon mehrere Male hatte sich der Vorhang wieder vor dem Publikum gehoben. Da wirkte der Zauber erneut – als sie, sie allein, eines nachts durch die Strassen der grossen und geschäftigen Stadt ging. Es war Mitternacht – die Stunde der Geheimnisse, die Stunde des Zaubers. Sie ging alleine, Cinderella in den goldenen Schuhen, über das graue Pflaster der nächtlichen Stadt. Er war nicht bei ihr, doch seine Worte glitzerten von der kleinen blankpolierten Fläche aus Glas, Metall und kristalliner Substanz. Der Zauber liess die Worte durch den nächtlichen Äther fliegen: „Ich denke an dich, wie geht es dir?" --- „Ich bin glücklich, das Leben ist schön."--- „Ich möchte die Worte hören, die du schreibst." --- „Ich rufe dich an, dann bin ich dir nah."

Sie sprachen über dies und über das. Die Worte erhielten Klang, erhielten Kraft, schwangen im Rhythmus des Herzens. „Wo bist du? Ich möchte dich sehen". --- „Ich gehe gerade am Theater vorbei." --- „Am Theater? Wie schön, ich freue mich..."

Dann, ein Laut des Erschreckens von ihr. Er fragte schnell, was geschehen sei. Sie lachte. Sie war gestolpert, hatte den Schuh verloren. Den goldenen Schuh. Cinderella mit den goldenen Schuhen, lachend in der herbstlichen Stadt. Sie ging nun nicht mehr nach Hause. Sie traf ihren Prinzen noch in der gleichen Nacht, tanzte mit ihm bis in den Morgen.

Tanz ist nur ein anderes Wort für Wirklichkeit.

War es das Silberlicht der Mondsichel, das die Sehnsucht drängen liess? Doch in der grossen und geschäftigen Stadt gibt es andere Lichter, als den Mond. Jene grosse und geschäftige Stadt, wo seit Jahrhunderten Geschäft und Glauben Hand in Hand gehen, hält für Hand in Hand gehende Paare andere Kulissen bereit. Augenzwinkernde Bühnenbilder voll von Schrulligkeit. Theaterhimmel für den grossen Auftritt der Liebe.

Süss waren die Gefühle und süssen Duft verströmten auch die Köstlichkeiten im Schaufenster einer Zuckerbäckerei, vor der das Paar stehen geblieben war. Statt der silbernen Sichel des Mondes erleuchtete ein grosses goldenes „C" im altmodischen Schriftzug „Conditorei" die Szenerie, als sich das Paar zum ersten Mal innig küsste.

Manchmal werden die Schritte der Erdenmenschen auf humorvolle Weise gelenkt, und die Himmelsmächte schmunzeln, wenn die Menschen diesen Spass verstehen — wenn sie lachend und liebend zueinanderfinden und die nächsten Schritte gemeinsam gehen.

Zeit spielt im Theater der Wirklichkeit keine Rolle. Die Schritte sind wichtig — auch wenn sie anfangs nur von einer Theaterbühne zu einer Zuckerbäckerei führen.

Liebe ist nur ein anderes Wort für Wirklichkeit.

Lärm.

Man sagt, die Schweiz sei ein ruhiges Land.

Lärm.

Die Bürokollegin spricht auf Italienisch ins Telefon, ihre Stimme klingt laut und sie spricht schnell. Drängend... Gegenüber versucht eine andere Mitarbeiterin, ebenfalls am Telefon, auf Englisch jemanden davon zu überzeugen, dass es wirklich notwendig und unabdingbar sei, ein gewisses Formular auszufüllen. Dringend... Draussen auf dem Gang und in verschiedenen Schattierungen der deutschen Sprache, diskutieren Mitarbeiter eine Situation, die vielleicht eher in den privaten Bereich gehört. Sie müssen das aber auf dem Gang erledigen, denn in der Kaffeeküche klappert der Kaffeemaschinentechniker gerade mit seinem Werkzeug bei der wöchentlichen Wartung des wichtigsten aller Bürogeräte. Ich schliesse das Fenster, denn draussen macht sich jemand daran, mit einem Laubbläser die Strasse vor dem Gebäude zu säubern. Ausserdem läuten die Glocken der Quartierkirche, denn es ist elf Uhr vormittags und ein langer Güterzug rattert über das nahe Eisenbahntrassee. Ich versuche bei dem allgemein erhöhten Lärmpegel dem Lehrling etwas zu erklären und habe Mühe mich dabei zu konzentrieren. Der Lehrling gibt sich viel Mühe, zu verstehen. Vom nahen Schulhaus her ertönt der Pausengong.

Lärm.

Sobald ich am Feierabend im Auto sitze und nach Hause fahre, kann ich die Geräusche des Alltags ein wenig dämpfen. Doch auf der Schnellstrasse donnern mir die grossen Sattelschlepper entgegen und der Typ auf seinem Motorrad hinter mir lässt mit Freude den Motor aufheulen. Abbremsen, anfahren, Gas geben, beschleunigen. An den Ampelanlagen und im Kreisverkehr dringt der Lärm sogar ins dicht geschlossene Auto.

Lärm.

Zu Hause angekommen schallt mir fröhliches Siegergejohle vom nahen Fussballplatz entgegen, und aus dem Lautsprecher dröhnen Ansagen der Resultate. Auch wenn ich sie verstehen würde, sie interessieren mich nicht. In meinen Ohren sind sie nutzloser Lärm am Ende eines lauten Arbeitstages. Es geht gegen acht Uhr abends im Wonnemonat Mai. Ein Bauer hat seine Hangwiese abgemäht und anstatt das Heu mit einem Rechen zusammenzutragen hat er einen Laubbläser auf dem Rücken geschnallt und bläst mit hochtourigem Motorengebrüll die Grashalme vor sich her. Mich beschleicht der Eindruck, dass es früher mit dem Rechen schneller ging. Sicher war es leiser. Ausserdem – wo bleibt hier der vielbeschworene Umweltgedanke und der Tierschutz, wenn die Bauern mit benzinbetriebenen Lärmgeräten stundenlang Abgase in die Luft pusten, und wenn sich dabei sowohl Schwermetalle als auch Feinstaub schön regelmässig über die ganze Weide verteilen?

Lärm.

Es ist acht Uhr abends. Ich bin zu Hause angekommen. Acht Uhr abends ist an sich eine schöne Zeit, denn da sitzen die Hunde mit ihren Besitzern vor den Fernsehern und bellen nicht draussen herum, und die Kinder haben ihr Geschrei von draussen in die Häuser und Wohnungen verlagert. Das Geschrei bleibt in der Lautstärke gleich, es ändert sich nur der Grund zum Schreien. Als hätten nun die Kühe auf der Weide begriffen, dass sich ihre Lärmkonkurrenz zurückgezogen hat und sie nun an der Reihe sind, beginnen sie nach einer Ruhepause wieder Gras zu zupfen, was bei jeder Bewegung ihre Glocken hell erschallen lässt.

Lärm.

Am Himmel ertönt dumpf das Geräusch eines grossen Flugzeugs. Grollend – das Flugzeug und auch ich. Es sind immer die gleichen Wörter, die mir spontan zum Begriff Lärm einfallen, jenem Lärm, dem ich tagein tagaus ausgesetzt bin: Dröhnen, donnern, rattern, heulen. Wenigstens bleibe ich an diesem Feierabend vor den Rasenmähern und den Motorsensen verschont – die sind dann sicher am Samstag an der Reihe. Dafür schallt ohrenbetäubend und sich an vielen Häusermauern brechend das Geläute der Kuhglocken durch die Gegend. Dazu stimmt jede Viertelstunde die Kirchturmuhr freudig mit ein. Wenigstens habe ich das Abendläuten um sieben Uhr verpasst. Abendläuten, zehn Minuten lang, damit jeder Dorfbewohner weiss, dass jetzt Abend ist. Morgenläuten, zehn Minuten lang, damit man weiss, dass Morgen ist. Die Kirchturmuhr schlägt. Sie schlägt zu. Die Kühe rupfen eifrig Grashalme und ihre Glocken bimmeln penetrant in einem hellen, scharfen Ton. Behindert durch dieses Schellen habe ich Mühe zu verstehen, was mir ein Nachbar zuruft, deshalb rufe ich auf gut Glück: „Hallo, einen schönen Feierabend!" Der Nachbar nickt. Hat er mich verstanden? War ich laut genug?

Lärm.

Diese Glocken überall. Die Kuhglocken hämmern sich im gleichförmigen Takt in mein Gehirn. Es wäre schön gewesen sich ein wenig auf der Terrasse zu entspannen und einige Seiten in einem Buch zu lesen. Das Wetter ist schön und es zieht mich ins Freie. Nach einer Viertelstunde gebe ich es auf. Ich ertappe mich dabei, wie ich denselben Abschnitt immer wieder von vorne lese, ohne den Inhalt zu verstehen. Diese Glocken. Hämmern ist ein treffender Ausdruck für das Geräusch, das sie verursachen. Der Klang hämmert und bohrt sich ins Hirn, ins Bewusstsein. Man kann dem Ton nicht entrinnen, einem Ton, der Gedanken weglärmt und hinwegläutet. Würde so etwas unter anderen Umständen nicht als Folter durchgehen? Könnte man hier nicht Amnesty International einschalten? Ich sehe auch keinen Grund, Kühe zwischen Einfamilienhäusern weiden zu lassen. Vor lauter Kuhglocken hört man nicht einmal mehr das Gequake der Frösche, die sich im nahegelegen Gemeindebiotop vergnügt vermehren. Zugegeben, das Quaken kann einem nachts den Nerv rauben, wenn man wach liegt und der Schlaf nicht kommt. Es wird auch nicht besser, wenn Glockengebimmel das Gequake übertönt.

Lärm.

Man sagte mir, dass ich wegen der Kuhglocken mit dem Bauern sprechen müsste. Aber Kuhglocken, das sei eben Tradition. Kuhglocken gleich Tradition. Tradition ist nicht verhandelbar. Da käme ich nirgends hin mit Beschwerden. Auch nicht mit Dezibelmessungen. Ich wundere mich darüber, und ich habe Mühe eine solche Tradition zu verstehen, obwohl ich Traditionen im Allgemeinen sehr schätze. Der Bauer macht sich nicht einmal die Mühe, mein Anliegen auch nur annähernd anzuhören. Kühe brauchen eben Glocken. Jawohl. Seine Kühe brauchen Glocken, damit er weiss, wenn eines der Tiere einmal ausbrechen sollte. Gut. Aber warum wohnt dann der Bauer in einer Entfernung von der Weide, wo er nicht einmal eine abgefeuerte Kanonenkugel hören würde – und wer soll dann die ausgebrochene Kuh wieder einfangen? Die schlaflosen Nachbarn oder der schlafende Bauer? Und warum grasen gleich nebenan, auf einer anderen Weide, fünfzehn Kühe eines anderen Bauern, die anscheinend keine Glocken brauchen? Ich habe Mühe das zu verstehen. Der Bauer gibt sich kein bisschen Mühe mich zu verstehen.

Lärm.

Es ist Mitternacht. Ich erwache aus dem Schlaf. Was mich weckte, das waren nicht etwa Gespenster, die während der Geisterstunde ihr Unwesen trieben, sondern die zwölf

Schläge der Kirchturmuhr – natürlich mit den vorangehenden vier Viertelstundenschlägen. Mitten in der Nacht. Damit man weiss, wie spät es ist. Das weiss ich jetzt. Ich weiss aber auch, dass mir gerade noch fünfzehn Minuten Zeit bleiben, um noch vor dem ersten Viertelstundenschlag der weiteren Stunde einzuschlafen. ...oder weitere fünfzehn Minuten bis es halb schlägt ...oder weitere fünfzehn Minuten bis es dreiviertel ist ...oder weitere fünfzehn Minuten bis wieder zur vollen Stunde....... Die Kühe sind ebenfalls erwacht. Sie haben ihre nächtliche Ruhepause beendet und beginnen wieder zu fressen. Sie rupfen Gras und lassen ihre Glocken hell und fröhlich durch das nächtliche Dorf erklingen. Ich drehe mich im Bett herum und überlege, was mir in den nächsten Stunden wohl wichtiger sein wird: Frische Luft oder ein ruhiger Schlaf? Dann stehe ich auf und schliesse das gekippte Fenster.

Lärm.

Kühe, Frösche, Hunde, Kinder, Flugzeuge, Autos, Motorräder, Züge, Rasenmäher, Laubbläser, Motorsensen. Motoren überall. Radios und Fernseher bei offenen Fenstern, Glocken aller Art. So wohnt man auf dem Land. Wann soll die Schweiz eigentlich zur Ruhe kommen? Vielleicht um vier Uhr morgens? Vielleicht. Um halb fünf beginnt der erste frühe Vogel zu zwitschern.

Lärm... Um sechs Uhr läutet mein Wecker.

Äpfel und Birnen

Ein trauriges Märchen, sofern es ein Märchen wäre

Es war einmal ein Mann, der pflanzte Birnbäume und verkaufte Birnen. Er pflanzte viele und immer mehr Birnbäume und wollte viele und immer mehr Birnen verkaufen. Doch in jenem Land, in dem er lebte und auch in den Nachbarländern, assen die Menschen lieber Äpfel. Äpfel essen galt als gesund und allem Guten förderlich. Äpfel essen hatte Tradition. Man hatte seit Jahrhunderten Äpfel gegessen und war gut damit gefahren. Nur wenige Menschen kauften deshalb Birnen, und der Mann blieb auf seinen grossen Ernten sitzen.

Nun hätte er zu seinen Birnbäumen auch Apfelbäume pflanzen können – dann hätte er beides gehabt und es wäre allen gut gegangen. Doch der Mann mochte keine Äpfel. Deshalb wollte er alle Menschen in seiner Nähe dazu bringen es ihm gleich zu tun. Er versuchte es mit Überzeugungskraft. Er liess überall Plakate aufhängen und ausrufen, dass Birnen gesünder wären als Äpfel und dass vor allem seine Birnen ganz hervorragend wären, und dass die Leute viele Vorteile haben würden, wenn sie auf Birnen umstiegen. Die Leute lachten ihn aus. Sie wussten ganz genau, dass Äpfel gut für sie waren und dass Birnen ihnen nur dann bekamen, wenn sie sie in kleinen Mengen assen.

Der Mann wurde ärgerlich. Er fühlte sich um seine Einkünfte betrogen. Als ihm auch seine Arbeiter nahelegten, dass er lieber Apfelbäume pflanzen sollte, da wurde er wütend. Er konnte doch nicht all seine Birnbäume ausreissen, er hatte schliesslich viel Geld dafür bezahlt. Nein, man musste andere Pläne aushecken, wie den Leuten die Äpfel auszutreiben waren. Die Arbeiter erschraken. Sie befürchteten, dass sie ihre Verdienstarbeit verlieren könnten, und sie wollten auch nicht in die Apfelbaumgärten der anderen Pflanzer arbeiten gehen. Sie hatten dem Mann geglaubt, als er ihnen erzählte, dass die Zukunft den Birnen gehörte, und dass es seinen Arbeitern ausgezeichnet gehen würde, wenn sie nur die Pflanzung und den Verkauf von Birnen tüchtig steigerten. Sie waren doch die Ersten, die Birnen pflanzten, hatte der Mann gesagt, und dafür würden sie von allen nachgeborenen Generationen in Ehren gehalten werden. Dann hatte er hinzugefügt, dass Äpfel schon bald vom Angesicht der Erde verschwinden würden. Jawohl, den Birnen gehörte die Zukunft. Da wollte natürlich keiner der Arbeiter wieder zurück in die Apfelgärten, doch so ganz überzeugt waren sie von den Birnen auch wieder nicht. Sie hatten bemerkt dass beispielsweise der Birnenmost ohne die Zugabe von Apfelsaft der Gesundheit nicht bekam, und dass es beide geben musste – Birnen und Äpfel gleichberechtigt nebeneinander. Doch der Mann, ihr Patron, liess nicht locker und er malte den Arbeitern Schreckliches aus, wenn sie seine Birnenplantagen verliessen. Die Arbeiter – Männer und Frauen – mussten ihre Familien versorgen, und weil sie sich nicht vorstellen konnten, was geschehen würde, wenn sie einfach weggingen, hielten sie den Mund und arbeiteten weiter. Sie trösteten sich damit, dass sie eben für die Zukunft arbeiteten, und dass sie ganz sicher den Lohn für ihre Mühe erhalten würden. Dann, ja dann, würden all die anderen, die Apfelesser, einsehen müssen, dass eben Birnen das Allerbeste für die Menschheit waren.

Es gab einige wenige Arbeiter, welchen die Reden des Patrons nicht gefielen. Sie hatten gründlich nachgedacht. Sie hatten Äpfel mit Birnen verglichen und glaubten dem Patron nicht mehr. Sie verliessen daher die Birnenplantagen und gingen zurück zu den Pflanzern der Apfelbäume. Die zurückgebliebenen Birnenarbeiter beobachteten dies und wurden ein ganz kleines bisschen unsicher. Ihr Patron winkte ab und sagte, dass die Abtrünnigen bloss ganz wenige waren, und dass sie es gewiss schon bald bereuen würden. Sollten sie doch zu den Apfelpflanzern gehen! Sie würden mit Sicherheit schon bald arm und krank werden.

Die Rückkehrer wurden aber weder arm noch krank. Es ging ihnen sogar besser als zuvor. Die Birnenarbeiter sagten sich, dass das sicher noch kommen würde, schliesslich wusste es ihr Patron besser, und im Übrigen trug er grosse Verantwortung – auch für seine Arbeiter. Deshalb beachteten sie die Rückkehrer nicht mehr, die ihrerseits zufrieden lebten und ihren Wohlstand mehrten, und dank der Äpfel gesund und stark blieben. Das sahen jedoch die meisten Birnenarbeiter nicht mehr. Diejenigen, die es sahen – und es gab nur sehr, sehr wenige, die es sahen – die meinten, dass dies nur einzelne Fälle wären, und dass es gemäss der allerneuesten Berechnungen gar nicht möglich war, mit Äpfeln gesund und gut zu leben. Zugegeben, es mochte einzelne Ausnahmen geben, doch die blieben eben das, was sie waren: Vereinzelte Ausnahmen. So sagten sie. Dann verschlossen auch sie ihr Denken.

Indessen sandte der Patron viele andere Arbeiter ins Umland und in alle Nachbarländer. Die Arbeiter sollten auskundschaften, was die Menschen über Äpfel und Birnen dachten. Als die Kundschafter zurückkehrten und dem Patron berichteten, was sie gehört und gesehen hatten, da schloss sich der Mann tagelang in seinem Arbeitszimmer ein und dachte nach. Er grübelte lange, er schmiedete Pläne, und als er genug nachgedacht, gegrübelt und geplant hatte, rief er seine Kundschafter zu sich.

Eine glanzvolle Zukunft wartete auf sie, liess der Mann die Kundschafter wissen. Sie sollten zusammen mit ihren Familien in jene Länder ziehen, wo man Äpfel zu essen pflegte. Dort würden alle ein schönes Häuschen, eine gute Bezahlung und allerlei Angenehmes für sich selbst und ihre Kinder vorfinden. Dort sollten sie wohnen und leben. Natürlich war das alles nicht umsonst zu haben, das würden die Arbeiter doch sicher verstehen – sie mussten immer schön brav Birnen essen und den Apfelessern den Birnen-Wohlstand zur Schau stellen. Zusätzlich wären die Arbeiter und ihre Familien verpflichtet, die guten Eigenschaften der Birnen ständig zu loben und den Apfelessern wunderschön schillernde Zukunftsvisionen auszumalen, die man nur dank der Birne erreichen konnte.

Der Birne allein gehörte die Zukunft, das sollten sie allen Apfelessern immer wieder vor Augen halten. Der Apfel wäre das Zeichen einer rückständigen Vergangenheit.

Einige Apfelesser liessen sich überzeugen. Doch es waren nur wenige, und sie fanden die Anfänge als Birnenesser nicht so schön, wie ihnen geschildert wurde. Sie hatten natürlich auch keine Hilfe vom obersten Birnenpflanzer erhalten, wie dessen Kundschafter. Sie mussten sich alleine mit dem Anbau und Verkauf von Birnen durchbringen, was ihnen nur schwer gelang, denn die meisten Leute waren immer noch Apfelesser. Deshalb jammerten sie ein bisschen und beschwerten sich bei Jenen, die sie überzeugt hatten Birnen zu pflanzen. Sie wussten ja nicht, dass diese Leute Kundschafter des obersten Birnenpflanzers waren. Diese sagten den Neubekehrten, dass sie nur ausharren mussten und dass sie noch viel mehr Kraft und Stärke einzusetzen hatten. Der Lohn wäre ihnen gewiss. Die Zukunft wäre ihr Lohn, die strahlende, glückverheissende Zukunft! „Seht nur, was wir dank der Birne erreicht haben", sagten die Birnenkundschafter und zeigten stolz ihre grossen Häuser und ihr ganzes Hab und Gut, „das alles hatten wir früher nicht, das ist die reine Wahrheit".

Die Apfelleute berieten sich untereinander. Sie fragten ihre Nachbarn und Verwandten, sie schrieben Briefe und besuchten ihre Freunde in anderen Ländern. Sie wollten wissen, ob die vermögenden Birnenleute tatsächlich die reine Wahrheit sagten. Doch soviel sie auch fragen mochten, und soviel ihnen andere Apfelesser erzählen konnten – am Ende stand fest: Früher hatten zumindest diese Birnenarbeiter nicht soviel Wohlstand gehabt. Es musste deshalb mit den Birnen zusammenhängen.

So zogen denn die Apfelleute falsche Schlüsse aus ihren Beobachtungen und sie glaubten den angeblich durch Birnenpflanzung reich gewordenen, fremden Arbeitern. Sie glaubten ihnen auch, dass es nur genügte sich anzustrengen, und sie schufteten und plagten sich weiter, denn noch waren die Apfelesser in der Überzahl und der Verkauf von Birnen ging immer noch schlecht voran. Die übrig gebliebenen Apfelesser schüttelten die Köpfe, denn es war sonnenklar, dass die alleinige Birnenpflanzerei nirgendwo hinführte. Es war doch offensichtlich, dass dies nur eine Marotte war, die bald vergehen würde, denn alles menschliche Leben drehte sich um den Apfel, und der Apfelbaum versorgte die Menschen mit allem Notwendigen, das sie zum Leben brauchten.

Der oberste Birnenpflanzer liess nun in sämtlichen Zeitungen aller Länder abdrucken, dass gelehrte Doktoren und hochgebildete Männer der Wissenschaft auf neuentdeckte Gefahren hinwiesen, die es erstaunlicherweise in von Apfelbäumen bepflanzten Landstrichen gäbe. Es war die Rede von Schädlingen, von zu viel oder zu wenig auftretenden Tierarten, von der Eintönigkeit der Landschaft, wenn zu viele Apfelbäume nebeneinander standen, von anderen, vielleicht möglichen Schädigungen und dergleichen mehr. Kein Wort von der Birne. Kein Wort von einer besseren Zukunft für Birnenpflanzer.

Dafür umso mehr Hinweise auf die angeblich so schlechten und so ungesunden Lebensgewohnheiten der Apfelesser, und dass solche Gewohnheiten keinesfalls mit einer strahlenden, glückverheissenden Zukunft vereinbar waren.

So ging es lange Zeit, und die Apfelesser begannen zum ersten Mal an ihren Gewohnheiten zu zweifeln. War das Pflanzen von Apfelbäumen und das Essen der Früchte tatsächlich so wohltuend wie es ihnen ihre Vorfahren beigebracht hatten? Sollte man nicht lieber etwas Neues probieren anstatt den alten Gewohnheiten nachzulaufen? Vielleicht war es ratsam die Pflanzungen zu durchmischen? Vielleicht hatten die gelehrten und gebildeten Doktoren Recht, wenn sie behaupteten, dass Apfelbaumbestände mit Birnbäumen durchsetzt werden mussten? Es konnte nicht schaden, nicht wahr? Man konnte es mal versuchen, und sollte sich der Versuch als schädlich erweisen, dann konnte man die Birnenbäume wieder fällen – es war sicher einen Versuch wert.

Während der folgenden Jahre wurden nun in allen Ländern viele Apfelbäume gefällt und durch Birnbäumen ersetzt. Die Leute begannen daher vermehrt Birnen zu essen. Die Birnen wurden teurer. Das erklärte man mit den besseren Eigenschaften der Birnen. Es hiess, die neuen Sorten wären wohltuend und heilsam, und brauchten daher mehr Pflege und mehr Aufmerksamkeit als die früheren, älteren Sorten, und dass das alles natürlich viel mehr kostete.

Bald wurde das Anpflanzen von Birnbäumen sogar belohnt. Dagegen musste jeder, der einen Apfelbaum pflanzen wollte einen Beitrag in die Gemeinschaftskasse bezahlen. Danach wurde bestimmt, dass beim Setzen eines Apfelbaums immer zwei Birnbäume dazu zu pflanzen waren. Noch später wurde angeordnet, dass niemand von Äpfeln reden durfte, wenn nicht glichzeitig von Birnen gesprochen wurde.

Bald darauf waren es nur noch einige wenige Sorten von Apfelbäumen, die gepflanzt und gepflegt werden durften. Das sei doch viel zu mühsam und unüberblickbar, wenn so viele verschiedene Apfelsorten auf dem Markt wären, hiess es in den Zeitungen der Länder. Es sei doch viel praktischer und übersichtlicher, wenn man sich darauf beschränkte einige ausgewählte Apfel- und Birnensorten zu pflanzen. Viel einfacher wäre das. Die ganze Mühsal der Arbeit war doch gar nicht notwendig, da konnte man sich vieles ersparen und dafür die freie Zeit mit der Familie und den Freunden geniessen! Schöpferisch sollten die Bürger aller Länder werden. Den Bürgern gefielen solche Reden und sie wurden schöpferisch. Indes, all ihre schöpferischen Tätigkeiten hatten den Apfel als Grundlage. Sie schrieben über Äpfel, malten Apfelbäume, verfassten Musik und dichteten Schauspiele, in denen sie Apfelhaine und Apfelblüten besangen. – Daraufhin sandte der oberste Birnenpflanzer andere Kundschafter aus, die den Schöpferischen mitteilen sollten, dass Apfelpoesie, Apfelmusik und Apfelgeschichten nicht mehr gefragt waren. Von Rückständigkeit war die Rede, von Kitsch und Gefühlsduselei, von hoffnungslos veralteten Ansichten. Birne sei jetzt gefragt. Die Birne sei modern, der Birne gehöre die Zukunft! Die Werke der Apfelschöpferischen verloren daraufhin an Ansehen und Wert. Die Arbeiten der Birnenschöpferischen wurden bevorzugt. In allen grossen Musikhäusern, bei allen Buchverlagen und an allen Theatern wurden die Arbeiten der Birnenschöpferischen gezeigt. Die Leute gingen hin, sie sahen sich die Stücke an, sie lasen die Bücher, sie betrachteten die Gemälde und Skulpturen, sie hörten die Musik – doch sie schüttelten oft nur die Köpfe und fragten sich, ob das, was sie hörten, sahen und lasen wirklich gut für sie war. Eigentlich mochte niemand so richtig die neuen Gemälde im eigenen Haus haben, niemand mochte so richtig die neuen Geschichten und Gedichte lesen, und niemandem gefiel die neue laute und unmelodiöse Musik. Doch wenn die Leute zu den Aufführungen der noch wenigen Apfelschöpferischen gingen, wenn sie deren Bücher lasen und deren Kunstwerke kauften, so wurden sie als rückständig belächelt.

Unterdessen waren weitere Veränderungen vor sich gegangen. Die neugepflanzten Birnbäume wuchsen in die Höhe und nahmen den niedrigeren Apfelbäumen das Licht weg. In der Folge wurden die Apfelbäume krank. Die Leute wussten sich nicht zu helfen. Sie konnten die Apfelbäume entweder ausholzen, oder sie mit den neuen Baumheilmitteln behandeln, die von den Arbeitern des obersten Birnbaumpflanzers angeboten wurden. Jener hatte sich genau überlegt, was geschehen mochte, wenn man Birnbäume mit Apfelbäumen vermischte, und dass hochwachsende Birnbäume die Apfelbäume im Wuchs behindern würden – und dass die im Wuchs behinderten

Apfelbäume schliesslich erkranken würden. Sein Plan ging auf. Überall in den Ländern war man nun beschäftigt, die übriggebliebenen Apfelbäume zu heilen, allerdings hatte man im Laufe der Zeit vergessen, wie jene Heilmittel herzustellen waren, die tatsächlich heilten. So konnte nun der oberste Birnbaumpflanzer Fabriken bauen, in denen Heilmittel gemischt wurden, die zwar halfen, jedoch ausschliesslich dem obersten Birnbaumpflanzer.

Die Apfelbaumleute begannen Zweifel zu hegen. Hatten die Birnbaumleute vielleicht doch Recht gehabt? Es hatte sich doch alles so entwickelt, wie sie es vorausgesagt hatten? War die Apfellebensweise nun doch veraltet und schlecht? Lohnte es sich dann einer solch unwirksamen Lebensart nachzueifern? Waren die Ansichten der Apfelpflanzer sogar verwerflich zu nennen? Man konnte ja sehen, dass es den Anhängern der Birne immer besser ging. Waren Birnen und Äpfel tatsächlich gleichberechtigt? War nicht die Birne dem Apfel vorzuziehen?

Bald schon begannen die Zeitungen die Birnenpflanzer hoch zu loben. Man konnte lesen, wie hart die Birnenesser zu Beginn für ihre Birnbäume gekämpft hatten, wie tatkräftig sie gewesen waren und wie sehr sie von den Apfelpflanzern in ihrem Tun behindert wurden. Doch die Birnbaumpflanzer hätten nicht nachgelassen und nun waren sie diejenigen, welche die Verantwortung für das ganze Land trugen, die den Leuten Arbeit und Auskommen gewährten, die sich um das Wohl der Staaten kümmerten und schöpferische, neue Wege beschritten – dies alles für eine strahlende und glückverheissende Zukunft.

Bald schon wurden auch kleine Kinder darauf hingewiesen, dass Äpfel als Zwischenverpflegung in Kindergärten und Schulen nicht erwünscht waren. Äpfel zu essen wurde zur Privatsache erklärt. Zu Hause, da durfte man gerne Äpfel essen, wenn man noch so rückständig in Gedanken und Ansichten war, doch an der Öffentlichkeit musste der Birne allerhöchster Respekt gezollt werden. Die Leute murrten, doch bald gewöhnten sie sich daran.

Obgleich, nicht alle gewöhnten sich. Bald begannen Einzelne in weit entfernte Länder auszuwandern. Dorthin, wo es noch Apfelbäume gab, wo es aber auch Kirschen, Pfirsiche und Pflaumen gab – und einige wenige Birnbäume. Die Auswanderer waren nur sehr wenige an der Zahl. Sie konnten sich nicht damit abfinden, dass die alten, stolzen Apfelbäume ihrer Heimat immer mehr verkümmerten, bis sie von den hohen Birnbäumen ganz zurückgedrängt wurden und als schlecht und ungesund für die Menschheit galten. Jene Auswanderer hatten schon immer die Gefahr gesehen, die von dem ersten und obersten Birnbaumpflanzer ausgegangen war, aber niemand wollte auf sie hören. Und da niemand ihren Warnungen Glauben schenkte, so nahmen sie viele kräftige Apfelsamen mit auf ihre Reise in die weitentfernten Länder. Während der Reise pflanzten sie hin und wieder einen Apfelbaum, und dort wo sie sich niederliessen, pflanzten sie ganze Apfelhaine. Das Wissen um die Äpfel durfte nicht verloren gehen. Die Macht des obersten Birnbaumpflanzers reichte nicht überall hin – dies war ihre Hoffnung.

Der oberste Birnbaumpflanzer betrachtete nun sein Werk. Alles ging nach seinen Plänen voran, zufrieden war er jedoch nicht. Er würde nie zufrieden sein. Nicht, wenn die ganze Welt nur mit Birnenbäumen bepflanzt sein mochte. Auch dann nicht, wenn alle Erträge aus den Pflanzungen sein eigen wären, auch dann nicht, wenn alle gelehrten Doktoren nur seine Ansichten verkündeten, wenn alle Schöpferischen nur seine Gedanken weitergaben, wenn alle Menschen der Erde nur nach seinen Befehlen handelten. Er würde nie zufrieden sein.

Der rätselhafte Ring

Ein Familiengeheimnis

Aus: D. Dornbierer: Marcelas stille Integration (Frauen mittendrin Teil II.)

Es ist Dezember. Ein kalter Abend im Niemandsland zwischen den Jahren. Draussen schneit es und die Welt steht eine Weile still. Zwei Frauen sitzen in einem Altstadtcafé und halten Gläser mit Glühwein mit den Händen umschlungen. Wärme tut gut. Wärme strahlt auch das Feuer im Kamin aus. Das Altstadtcafé ist bekannt für den Kamin, und dass man im Winter darin ein Feuer anfacht. Es ist weit und breit die einzige Gaststätte mit einer Feuerstelle. Erstaunlicherweise zieht das Kaminfeuer an diesem Abend nur wenige Gäste an. Der Gastraum ist fast leer. Die beiden Frauen unterhalten sich leise, nippen von Zeit zu Zeit an ihrem Glühwein. Es ist gut, dass keine lärmende Musik stört, es ist gut, dass es irgendwo noch ruhig ist und dass es zu dieser Ruhe sogar noch Glühwein gibt. Eine der Frauen bemerkt einen Ring am Finger ihrer Gesprächspartnerin.

„Der Ring", sagt sie, „den habe ich noch nie gesehen."

Die andere Frau nickt. Sie stellt das Glühweinglas ab und streckt die Hand mit dem Ring vor sich.

„Ja", antwortet sie versonnen, „den habe ich neulich von meiner Mutter bekommen."

„Er ist hübsch. Ist es ein Familienerbstück? Der Ring macht den Eindruck, als sei er schon etwas älter."

Die Frau mit dem Ring betrachtet schweigend das Schmuckstück an ihrer Hand. Der Reif ist schmal und unscheinbar. Er erhebt sich ein wenig zur Fassung hin, die einen kleinen Brillanten umschliesst. Ein eher bescheidenes Schmuckstück. Von hohem Alter doch nur niedriger Goldqualität.

„Es war der Verlobungsring meiner Urgrossmutter", sagt sie nachdenklich. Ihre Freundin ist nun neugierig geworden. Sie mag alte Geschichten, die von Familienbegebenheiten erzählen, von Ereignissen, die im Alltag untergingen und bald vergessen sein werden, von Schicksalen, die einzigartig sind, menschlich und oft rührend. In jeder Familie gibt es solche Geschichten – leider gehen sie zwischen den Generationen verloren. Deshalb fordert sie ihre Freundin auf zu erzählen.

„Das hört sich romantisch an. Zu dieser Jahreszeit darf man doch ein wenig romantisch sein – es ist ja immer noch ein bisschen Weihnachten…"

„Die Geschichte ist in ihrer Art interessant", beginnt die Freundin, „sie ist nicht einmalig – es wird mit Sicherheit noch viele solcher Geschichten geben, wie das so ist, wenn Menschen zusammen leben. Doch auf ihre Weise ist sie bewegend. Ich glaube es ist besser, wenn ich sie rückwärts erzähle – von der Gegenwart in die Vergangenheit. Vieles an der Geschichte ist noch ungeklärt, aber vielleicht muss auch nicht immer alles sonnenklar sein…. ein bisschen Geheimnis schadet nicht…

... Den Ring hatte meine Mutter von ihren Eltern erhalten. Das war vor dem Jahr 1968, denn damals verliess sie mit meinem Vater und mir die Tschechoslowakei, um irgendwo ein neues und besseres Leben anzufangen. Ein Leben ohne Angst und ohne Verleugnung. Ein Leben, das nicht von der einzig erlaubten, politischen Partei bis in die letzte Einzelheiten bestimmt wurde, ein Leben, in dem man seine Meinung frei äussern durfte – auch wenn diese Meinung vielleicht nicht von allen geteilt wurde. Wie schön musste es sein, sich nicht verhehlen und nicht verstecken zu müssen. Nicht ständig Angst zu haben, von jemandem aus Neid denunziert zu werden – der Grund dazu spielte keine Rolle, er konnte auch erlogen sein.

... Meine Mutter hatte den Ring damals zurückgelassen. Doch er war während der wenigen Besuche der Grosseltern zu ihr zurückgekehrt. Alle Ämter und Behörden waren damals in kommunistischer Hand und die Gesetze waren ungerecht – man verurteilte jene Bürger, die aus Angst vor der russischen Okkupation geflüchtet waren in Abwesenheit zu Gefängnisstrafen, doch man liess die alten und pensionierten Familienmitglieder jener Bürger ausreisen, um die Verurteilten zu besuchen. Als wäre nichts geschehen – und in der geheimen Hoffnung, dass die Alten im Ausland blieben.

... Auf alle Fälle kam der Ring in die Schweiz. Dann ging er mit meiner Mutter zeitweilig nach Spanien – dann kehrte er mit ihr wieder in die Schweiz zurück. Danach wanderte er mit meiner Mutter ins südliche Mähren aus, als sie 1992 aus der Schweiz wieder in die alte Heimat zog. Mein Vater blieb zurück – meine Eltern hatten sich in der Zwischenzeit scheiden lassen.

… Jetzt ist der Ring bei mir. Jetzt hüte ich ihn, und ich wünsche mir, dass eines meiner Kinder dies später einmal tun wird."

Die Frau schweigt eine Weile. Sie trinkt einen Schluck Glühwein, schaut in die knisternde Glut im Kamin, als suche sie dort nach den richtigen Worten, um mit der Geschichte fortzufahren.

„Dieser Ring wird von Generation zu Generation weiter gereicht. Meine Mutter erzählte mir, dass sie selbst nicht genau wusste, woher er gekommen war. Ihre Eltern hatten ihr erzählt, dass der Ring ein Geschenk ihres Vaters an die Mutter gewesen war, als Dank für die Geburt der Tochter."

„Das heisst, dein Grossvater hat ihn deiner Grossmutter geschenkt."

„Ja, das war die erste Geschichte."

„Die erste Geschichte? Warum? Stimmte sie nicht?"

„Nun, meine Mutter hatte später Zweifel darüber. Einmal sprach sie meine Grossmutter darauf an. Sie meinte, dass das Jahr 1938 – als meine Mutter geboren wurde – vielleicht keine günstige Zeit war, um Schmuck zu kaufen."

„Warum denn?"

„Die politische Lage war in ganz Europa angespannt – vergiss nicht, es ist die Zeit des Hitlerregimes und das Jahr des Münchner Abkommens, als über die Tschechoslowakei entschieden wurde, ohne die tschechische Regierung überhaupt in die internationalen Gespräche einzubeziehen. Nach dem Münchner Abkommen erhielt Hitler freie Hand, um die noch junge tschechoslowakische Republik zu besetzen und das Protektorat Böhmen und Mähren auszurufen. Die Slowakei spaltete sich ab – und die Tschechen gerieten unter die Faust von Hitler und der NSDAP.

... Es war ein weiteres schmerzhaftes Kapitel in der tschechischen Geschichte. Die Leute hatten natürlich Angst, sie blieben weitgehend zu Hause und die Geschäfte gingen nicht so gut wie früher."

„Was hatten denn deine Grosseltern beruflich gemacht?"

„Sie waren Friseure und betrieben einen Friseursalon in der Stadt Holešov, im mittleren Mähren. Zeitweilig hatten sie noch einen zweiten Salon in der Bezirkshauptstadt Kroměříž."

„Das kann man ja nicht aussprechen!"

Die Frau mit dem Ring lächelt und sagt versonnen:

„Ja, die Sprachen, das ist ein anderes grosses Thema. Doch wir lassen das – in meiner Geschichte geht es nur um den schlichten, goldenen Ring...

... Es war, wie gesagt, keine gute Zeit, um an Kauf von Goldschmuck zu denken, auch wenn meine Grossmutter gerade ein Kind zur Welt gebracht hatte und beide Grosseltern sehr glücklich darüber waren. Sie hatten einige Jahre zuvor ihr erstes Kind verloren. Es war auch eine Tochter gewesen. Sie starb mit sieben Jahren an einer

Lungenentzündung. Es gab damals noch keine Antibiotika...

... Meine Mutter fragte also viele Jahre später, als sie den Ring schon kannte, nach der wahren Geschichte dahinter, und ihre Eltern erzählten ihr, dass sie in jener Zeit schweigen mussten, und dass sie Angst hatten."

„Angst? Wovor denn?"

„Vor den deutschen Nationalsozialisten. In Holešov gab es damals eine ziemlich grosse jüdische Gemeinde. Viele der Bewohner wurden deportiert und kehrten nie wieder zurück. Einige versuchten die Flucht. Andere wiederum liessen Wertgegenstände in vertrauenswürdigen Händen zurück, um selbst unterzutauchen und – sollte die Gefahr vorübergehen – um wieder zurückzukehren und die kostbaren Dinge bei den Vertrauenspersonen abzuholen. Viele gaben ihre Wertsachen auch weg im Glauben, dass wenn sie nichts besässen, man sie in Ruhe liesse...

... Meine Grossmutter war eine solche Vertrauensperson. Sie gestand meiner Mutter, dass sie während der gesamten Kriegsjahre Schmuck einer jüdischen Familie gehütet hatte. In ihrem Wohnzimmer stand eine schöne, grosse Anrichte aus glänzend poliertem, dunklem Nussbaumholz. Diese Anrichte verfügte über eine doppelte Rückwand. Dort versteckte meine Grossmutter die sorgsam verpackten Schmuckstücke und Wertsachen einer befreundeten, jüdischen Familie. Nach dem Krieg hat sich dann tatsächlich ein Mitglied jener Familie bei meiner Grossmutter gemeldet, um den Schmuck abzuholen. Meine

Grossmutter händigte dieser Person alles aus und durfte sich für ihren grossen Dienst ein Stück aus dem „Goldschatz" aussuchen – sozusagen als Belohnung in Naturalien."

„Das ist doch wunderschön", wirft die Zuhörerin ein, „es klingt glaubhaft. Ich kann mir vorstellen, dass Leute, die so etwas taten sehr viel Angst ausgestanden hatten. Wenn die Wertgegenstände gefunden worden wären, so hätte man sicher nicht lange gefackelt."

„Ja, das ist wahr. Wenn jemand für jüdische Familien Dinge von Wert aufbewahrte, konnte das tatsächlich gefährlich werden. Das erklärte auch, warum die Grossmutter vorher nie etwas erwähnt hatte. Sie und ihr Mann hatten immer noch Angst. Mittlerweile hatten sie Angst vor den Kommunisten, welche nach dem Krieg an die Macht gekommen waren und ihnen das Geschäft weggenommen hatten – „verstaatlicht" nannte sich das. Als nach dem Krieg die Kommunistische Partei die Regeln durchgab, wurden meine Grosseltern auf einmal zum bürgerlichen Klassenfeind. Man verstaatlichte ihr Geschäft, man machte ein sogenanntes Kommunal daraus und liess beide darin weiter arbeiten bis zu ihrer Rente. Man nahm ihnen alles. Nach dem Geschäft mussten sie auch ihr Haus hergeben, damit dort eine Siedlung gebaut werden konnte. Sie wurden einfach enteignet. Damals zogen sie zu uns nach Brno – da war ich etwa sieben Jahre alt…

… aber nun weiter mit Geschichte des Rings. Der Ring war bis vor Kurzem bei meiner Mutter, jetzt hat sie ihn mir anvertraut."

„Du sagtest, es sei der Verlobungsring deiner Urgrossmutter – wie hast du das erfahren? Ist das dann schon die dritte Geschichte?"

Die Zuhörerin ist neugierig geworden. Bilder ziehen an ihrem inneren Auge vorbei. Vergilbte Photographien aus alten Familienalben. Sie sieht Menschen, deren äusseres Erscheinungsbild im Wechsel der Mode ändert, in der Art sich darzustellen und die eigene Person zu präsentieren. Posen und Bewegungen, die vom jeweiligen Zeitgeschmack diktiert werden.

Die Freundin nimmt ihre Erzählung wieder auf.

„Ja, die Sache mit den Wertgegenständen der jüdischen Familie ist wahr. Ich kenne sogar deren Namen. Doch der Ring gehörte nicht dieser Familie. – Ich habe lange mit meiner Mutter gesprochen, ich bin nach Tschechien gereist und habe Besuche gemacht. Ich habe mich in Register, Aufzeichnungen und Ausweispapiere vertieft. Ich hatte das Glück, dass ein Schwager meines Grossvaters einen Familienstammbaum anfertigen liess. Doch all das wäre ohne einen oder zwei persönliche Briefe nicht viel wert gewesen. Zum Schluss musste ich nur noch genau kombinieren. Ein kleiner ungeklärter Rest bleibt – doch der macht die Geschichte erst recht rührend…

… Es war um die Wende des 19. zum 20. Jahrhunderts als die Mutter meines Grossvaters ursprünglich diesen Ring zur Verlobung erhielt. Allerdings nicht von ihrem zukünftigen Ehemann, sondern von ihrer Mutter. Diese gab der jungen Braut den Ring mit den Worten ihn gut zu bewahren. Der Ring hätte schon zwei grosse Liebesgeschichten miterlebt, sagte sie, nun sei er bereit für eine weitere. Die Braut strahlte, denn sie hatte in der Tat eine grosse Liebesgeschichte aufzuweisen – und nun verband sie sich fürs Leben mit dem Mann, dem ihre Liebe galt. Sie liebte ihn so sehr, dass sie ihn sogar gegen den Willen ihres eigenen Vaters heiratete...

... Die Braut – nennen wir sie Hedvika – war die Tochter eines jüdischen, zum Christentum konvertierten Vaters und einer christlichen Mutter. Die Familie hatte im ausgehenden 19. Jahrhundert ein modernes und tolerantes Leben gelebt, bis der Vater seine jüdische Herkunft zu betonen begann, und bis er es zutiefst bereute, sich jemals aus äusseren und politischen Gründen zur Taufe entschieden zu haben. Er betrieb deshalb aus Gewissensgründen seine Entlassung aus der katholischen Kirche, um wieder zu seinen Wurzeln zurückzukehren. Zurückkehren wollte er auch wieder in die jüdische Gemeinde. Jahrelang hatte er mit den Gemeindevorstehern die Rückkehr vorbereitet. Dabei hoffte er, dass wenigstens eines seiner Kinder ihn begleiten würde. Von seiner Frau wollte er sich trennen, da er ihren Wunsch, Katholikin zu bleiben, respektierte. Einst hatten sie sich sehr geliebt. Die Liebe hatte sich im Laufe der Jahrzehnte in Respekt gewandelt. Doch die Liebe des Mannes zu seinen Ursprüngen war stärker, als die Liebe zu seiner Frau. Es gab viele solcher Geschichten am Ende des 19. Jahrhunderts. Sowohl im deutschen als auch im österreichischen Kaiserreich wollte man Juden in die Gesellschaft integrieren. Ungleichheiten sollten beseitigt und Namen sollten angeglichen werden. Doch man kann Gleichheit nicht per Dekret erzwingen. Wenn Einigen die Gelegenheit willkommen kam, so wollten Andere nichts davon wissen, und wiederum Andere bereuten später ihre einst gefällten Entscheidungen. Zu diesen letzteren gehörte Hedvikas Vater.

… Die Tochter wollte sich jedoch nicht dem Willen des Vaters beugen. Warum hätte sie es tun sollen? Sie war katholisch und tschechisch erzogen worden und ihr Auserwählter war ebenfalls Tscheche und Katholik. Warum sollte sie nun plötzlich in eine neue Welt eintauchen, die ihr fremd war und die sie nur aus den Erzählungen ihres Vaters kannte? Sie hatte nur den Wunsch ihren geliebten Tomáš zu heiraten, mit ihm eine Familie zu gründen und glücklich zu sein. Sie verstand die Selbstvorwürfe ihres Vaters nicht, und sie verstand die jüdische Welt nicht...

... Die kirchlichen Behörden schien das alles nicht sehr zu kümmern – auf jeden Fall wurden Hedvika und Tomáš zu Beginn des neuen, des zwanzigsten, Jahrhunderts getraut. Sie bekamen neun Kinder im Laufe ihrer Ehe. Sie wurden Zeugen des alles umstürzenden Ersten Weltkriegs, und sie jubelten 1918 dem neu gegründeten tschechoslowakischen Staat zu und dem ersten tschechischen Präsidenten, der zum Vornamen gleich hiess, wie Hedvikas geliebter Mann...

... Hedvikas ältestes Kind, ein Sohn, heiratete 1929 ebenfalls seine grosse Liebe, ein hübsches Mädchen mit dunklen, gewellten Haaren, das auf dem Hochzeitsfoto aus verträumten Augen blickt. Er war fünfundzwanzig, sie dreiundzwanzig Jahre alt. Zusammen meisterten sie ein bewegtes und oft schwieriges Leben. Sie war rührig und tüchtig und war bereits vor der Hochzeit Teilhaberin eines gutgehenden Friseursalons gewesen. Er kam dazu. Aus den Eheleuten wurden auch noch Geschäftspartner.

... Das Leben hätte auf diese Weise erfolgreich weiter gehen können. Doch dann kam der zweite grosse Krieg und mit ihm die deutsche Diktatur. Danach wurde die deutsche Besetzung durch die russisch-kommunistische abgelöst. Jahrzehnte lang verfolgte meine Grosseltern die Angst denunziert und an die feindlichen Machthaber ausgeliefert zu werden. Zuerst war es die Angst vor den Konzentrationslagern der Deutschen, darauf folgte Angst vor den Unterdrückungsmethoden der Kommunisten...

... Sie erlebten die Erlösung nicht mehr. Doch ihre Liebe überlebte, und das hatte wohl meine Urgrossmutter, Hedvika, vorausgesehen, als sie ihrer Schwiegertochter diesen unscheinbaren Ring übergab, den sie selbst einst von ihrer Mutter erhalten hatte. So sind eben alle Geschichten wahr, und so sind sie miteinander verwoben."

Die Erzählerin schweigt. Es gäbe noch so viel mehr zu sagen, doch das ist jetzt nicht von Belang. Ein andermal vielleicht. Ein andermal, wenn der Schnee wieder auf die Strassen und Gehsteige der Stadt fällt, und wenn zwei Freundinnen sich vor einem wärmenden Kaminfeuer Geschichten erzählen, die es wert sind, dass man sie vor dem Vergessen bewahrt.

Ein Gedicht zu lesen

Ein Gedicht zu lesen ist zeitlos. Ein Gedicht zu lesen ist wie eine Skulptur zu betrachten, ein Gemälde anzusehen.

Ein gutes Gedicht ist nur selten modischen Strömungen unterworfen. Ein Gedicht inspiriert und weckt die Sehnsucht nach Kunst und Schönheit.

Ein Gedicht braucht Zeit...

Die Lust nach mehr Wissen

Recherchieren kann zur Sucht werden. Das Gefühl dabei, wenn sich einzelne Puzzlesteinchen zu einem grösseren Informationsbild fügen, ist unbeschreiblich. Recherchieren historischer Inhalte hat etwas spürhund- und detektivmässiges an sich. Auf einmal führen Spuren weiter, plötzlich öffnen sich Türen und Tore zu ungeahnten Möglichkeiten an Erkenntnissen. Dann gilt es diese Möglichkeiten abzuwägen und den verbindenden roten Faden zu finden.

Neben den klassischen Quellen bietet das Internet manchmal eine reiche Ernte, die man sich jedoch mit intensiver Suche verdienen muss. Im Netz buchstäblich aufgepickte Informationskörnchen, ergeben plötzlich einen ganzen Sack voll nahrhaften Getreides.

Beim Recherchieren lernt man den Informationen zu trauen – oder auch nicht. Die Recherche hilft somit dabei, die eigene Intuition auszubauen und zu schärfen. Daneben entwickelt sich – ganz allmählich und unspektakulär – ein Sinn dafür, wie durch verschiedene Epochen hindurch mit bestimmten Informationen umgegangen wurde. Recherche ist also auch immer im Zeitbezug zu sehen. Historiker des 19. Jahrhunderts sahen einige Dinge anders als ihre gegenwärtigen Kollegen und beide unterscheiden sich in ihrer Arbeitsweise und Ansicht von den Chronisten des Mittelalters – und ganz andere Ziele verfolgten die

Memoirenschreiber des 17. Jahrhunderts. Was allgemein interessant und deshalb als wert betrachtet wurde, um es der Nachwelt zu erhalten, bleibt eben Ansichtssache.

Die eigene Ansicht gilt ebenso als Motiv der Recherche bei Autoren. Romanschriftsteller werden von anderen Zielen für ihre Recherchen angetrieben als Autoren von Sachbüchern. Romanschriftsteller geniessen zudem die Freiheit, sich historisches Geschehen zurechtbiegen zu dürfen. Es wäre allerdings von Vorteil ein solches „Zurechtbiegen" dem Leser in einem Nachwort als „Bonus-Material" anzubieten. Alexandre Dumas, der Autor der weltberühmten „Drei Musketiere" und des „Grafen von Montechristo" hat das getan – er bog sich die Fakten zurecht wie es ihm in sein Konzept passte, und das Konzept hatte bleibenden Erfolg.

Recherche braucht Zeit. Viel Zeit. So viel Zeit wendet niemand auf, um von Null anzufangen. Recherche baut meistens auf Vorkenntnissen auf. Im idealen Leben würde ein Autor mit der Recherche zu einem bestimmten Thema beginnen, danach die Nachforschungen beenden, Notizen auswerten und sich fleissig ans Schreiben des Buches machen. Im idealen Leben… Vielleicht gilt dieses ideale Leben für Journalisten – ich weiss es nicht, ich bin weder Journalistin noch kenne ich ein ideales Leben.

Bekanntlich gibt es das nicht, das ideale Leben – und somit hat ein Autor vielleicht eine Szene des geplanten Buchs bereits geschrieben, weil sie auf einmal so schön plastisch vor Augen stand und man nur beschreiben konnte, was sich vor der inneren Sicht abspielte. Aber dann will man seine Recherchen noch einmal vertiefen. Nur kurz nachprüfen, ob man keinen Unsinn erzählt... Dann möchte man vielleicht nur ein Datum nachsehen, ein Detail bestätigt haben, eine weitere Information finden – und schon ergeben sich Schleifen und Abwege, die alle sehr interessant sind, die jedoch womöglich ein ganz anderes Bild des Buches vermitteln, als man ursprünglich geplant hatte. Manchmal machen sich auch Personen der Handlung plötzlich „selbständig", man bekommt eine andere Vorstellung von seinen eigenen Fantasiewesen – doch das ist dann eine andere Geschichte. William Somerset Maugham hat sogar ein ganzes Buch darüber geschrieben, dass er das beabsichtigte Buch nicht schreiben konnte. Seine Hauptfigur hatte sich verselbständigt. Der Roman heisst übrigens „Don Fernando".

Doch weiter zur Recherche. Man sucht sich als Autor seine Informationen zusammen. Dazwischen hat man natürlich längst begonnen am Buch zu schreiben und hat vielleicht sogar den Showdown zum Ende des Romans fertiggestellt. Es fehlt aber leider immer noch ein brauchbarer Einstieg in die Geschichte. Oder es gähnt eine Lücke im Plot, eine Ungereimtheit, der nicht beizukommen ist. Man hängt und man zweifelt an sich selbst. So sieht der tatsächliche Schreiballtag aus, und so stellen sich die Nöte eines Schriftstellers dar. Einen Bericht vom Anfang bis zum Ende zu schreiben – so lernen es die Kinder in der Schule. Sie lernen eine hübsche Struktur zu erstellen, die aus Beginn, Mittelteil und Abschluss besteht. Aber einen

Roman zu schreiben, der auf historischen Tatsachen basiert und der sogar bereits im Kopf des Autors stattgefunden hat, eine Geschichte von A bis Z folgerichtig und packend zu erzählen, Handlungsstränge zu verflechten und wieder zu entwirren, ist schon eine ganz andere Sache.

Die Schlussfolgerung daraus: Es lebe die Recherche! Sie erweitert Kenntnisse, Einsichten und Ansichten, sie ermöglicht dem Autor eine interessante Zeit und bietet erst noch das Material, welches das Rückgrat geschriebener Erzählungen bildet.

Ein „Hoch" auf die Recherche!

Geschrieben am Tag des Buchs / 23. April 2018

Opfer oder Gabe?

Gedanken über die angebliche Mühsal des Lebens, die zu Erfolgen führen soll

Im Rahmen der westlichen Geisteshaltung ist die sogenannte Opferrolle weit verbreitet – in beide Richtungen. Menschen, die Opfer erbringen und jene, die selbst zu einem Opfer geworden sind. Beide Male das gleiche Wort, beide Male eine andere Bedeutung.

Ohne Fleiss kein Preis. Der Reim ist einprägsam, doch beim heutigen Verständnis des Wortes „Preis" vielleicht irreführend. Ohne Fleiss kein Verdienst. Die Betonung liegt hier eindeutig auf verdienen, dienen, bedienen, und noch schlimmer: abverdienen – damit der Verdienst auch tatsächlich gewiss sei. Alles hat seinen Preis. Dieses Sprichwort ist gleichermassen eindrücklich, und jemand, der den Preis bezahlt, jemand der Opfer erbringt, ist ein Held. Man opfert sich auf für die Familie, für den Staat, für den Beruf, etc. pp.... Seit Jahrhunderten wird uns von klein auf eingebläut, dass wir gefälligst Opfer zu bringen hätten, um etwas zu erreichen. Ohne Opfer sei das Resultat „nichts wert". Es gibt uns ein schlechtes Gewissen, weil bei unseren Mitmenschen die Meinung entstehen könnte, wir hätten etwas unverdient erreicht. Wenn wir etwas ohne Opfer und Entbehrungen bekommen, so ist das ein Geschenk – vielleicht sogar ein unverdientes. Das soll dann wohl heissen, dass wir uns sogar Geschenke „verdienen" müssen. Wie wäre es mit einem schlichten „Danke", anstatt die Selbstverleugnung einmal mehr auf die Spitze zu treiben?

Besonders in jungen Jahren sind wir stolz darauf, Opfer zu bringen, auf vieles zu verzichten, um Ziele zu erreichen – irgendwelche Ziele, die gerade dem herrschenden Zeittrend entsprechen.

Der Opfergedanke durchzieht unsere Gedankenkultur seit Jahrtausenden. **Anscheinend sind von dieser Kultur geprägte Menschen nicht mehr in der Lage, sich einen stressfreien Austausch vorzustellen.** Einen Austausch, bei dem jede Partei einen Vorteil erzielt – gemeint ist hier die viel beschworene „Win-Win-Situation". Die Parteien bieten sich gegenseitig etwas an. Freiwillig und ohne Verpflichtung. Vielleicht sogar ohne ein wertbestimmendes Mittel – zum Beispiel Geld – einzuschalten. War das vielleicht einmal der tatsächliche Sinn des „Offertoriums", des „Opferns" gewesen? Ein gegenseitiges Anbieten, ohne eine Gegenleistung zu erwarten?

Opfer ist ein Ritual. Seit Jahrtausenden sind wir „opferverrückt". In alten religiösen und philosophischen Texten wimmelt es von Opfern. Polytheistische und monotheistische Religionen fordern gleichermassen Opfer. Selbst die Ersatzreligionen des Erfolgs und des Geldes verlangen Opfer, Entbehrung, Selbstverleugnung, um am Ende eine Belohnung dafür zu erhalten. Die Texte des Alten Testaments erscheinen ganz besonders „opferwütig". Nicht nur Gaben in Form von Lebensmitteln und

Räucherwerk wurden auf Altären geopfert sondern auch Tiere und manchmal sogar Menschen. Als Isaak vom eigenen Vater geopfert werden soll, greift zwar Gott höchstpersönlich und rechtzeitig ein, doch Jephtas Tochter muss sich dem leichtsinnigen Versprechen ihres Vaters fügen, der, um einen Sieg zu erringen als Opfergabe das erste Geschöpf darzubringen verspricht, welches ihm bei seiner Rückkehr entgegenkommt. Dass dies nicht irgendein dahergelaufenes Tier, sondern seine eigene Tochter sein mochte, daran hatte Jephta nicht gedacht.

In der christlichen Zeit wandelte sich der Opfergedanke, doch man hörte deshalb nicht damit auf. Man schweigt betroffen zum Thema Menschenopfer aus religiösen Gründen, vollends ausblendend, dass das christliche Glaubensbekenntnis auf einem „Menschenopfer" gründet.

In den darauffolgenden Jahrhunderten opferten sich Menschen in einem übertragenen Sinn selbst, indem sie sich einem rigorosen Leben in Entsagung Gott weihten, oft mit eigens zugefügten Schmerzen durch Selbstkasteiung verbunden. Wieder floss Blut aus Wunden, dieses Mal aus selbst beigebrachten. In ganz besonders hohem Ansehen standen Menschen, die durch ständig übersteigerte Emotionen bei der Vorstellung der Wundmale Christi nun selbst an Handflächen und Füssen zu bluten begannen. Solche Menschen galten früher als heilig, als mit übergrosser göttlicher Gnade gesegnet – heute würden wir sie vielleicht in psychiatrischer Behandlung finden.

So durchzieht ein furchtbarer roter Strom von Opferblut die Welt der Bibel bis zum absoluten Höhepunkt, als angeblich Gott in seiner grossen Liebe den eigenen Sohn opferte, um die Menschheit zu retten.

Ziemlich grössenwahnsinnig, diese Menschheit, sich vorzustellen, dass ein unbegreiflich grosses, göttliches Schöpferwesen, welches den Kosmos und die Erde aus dem Nichts erschaffen hatte, sein ebenfalls göttliches Kind, sein Geschöpf, auf höchst grausame Weise umbringt, um es der „Menschheit" zum Opfer zu bringen. Hat man jemals nach dem Grund dazu gefragt? Warum „Gott" so etwas tun sollte – nur um der „Menschheit" willen? Es wäre doch genauso absurd, würde ein Staatsoberhaupt, ein König, ein Präsident – wie immer wir auch solche Anführer, bezeichnen möchten – eines seiner Kinder, mit Bevorzugung das Erstgeborene, töten, um damit ein Opfer zu bringen, welches das Heil und das Wohlergehen seines Staates sichern soll. Absurd – doch genau in solchen unverständlichen Bahnen dachten und denken Menschen, für die der Opfergedanke des „Gottessohnes" die ethische Norm darstellt. Dieser Richtlinie folgen sie in ihrem Alltag, und „opfern" bereitwillig, um ihre Ziele zu erreichen. Dass dabei alle anderen ebenfalls Opfer bringen müssen, wird als selbstverständlich angenommen Das Opfer ist zur gesellschaftlich anerkannten Norm geworden.

Dabei ist es durchaus möglich sich anzustrengen, um etwas zu erreichen, ohne dass man die ganze Zeit vor

Opferbereitschaft seufzt. Das Zauberwort dabei heisst Freude.

Wie könnte es sich anfühlen, gewisse Denkmuster endlich abzuschliessen? Gedanken an Opfer und Entsagung ruhen zu lassen? Was würde geschehen, wenn nicht nur Schmerz, Entbehrung und Tränen als gotteswürdige Opfer angesehen würden? Warum gelten überhaupt Schmerz, Entbehrung, Tränen – das heisst eine unsagbar grosse Menge an negativer Stressenergie, um es modern auszudrücken – als Gabe an Gott? An einen allmächtigen Gott, den liebenden Vater und den Schöpfer der Dinge? Was für ein „Vater-Gott" ist das, der Schmerz, Leid und Tränen als Geschenk annimmt? Ein urzeitliches Monster, ein Ungeheuer, das nur mit Blut und Schweiss zu besänftigen ist? Läuft es einem bei einer solchen Vorstellung nicht eiskalt der Rücken herunter?

Der christliche Jahreslauf enthält eine regelmässige Zeit der Opfer, die Zeit des Fastens und des Verzichts. Wann geschah es eigentlich, dass diese physisch heilsame Methode zur Entschlackung und Entgiftung des Körpers im Vorfrühling, zu einer Periode der Entbehrung, des Hungerns, der Entsagung und des Kasteiens geworden ist?

Was würde sich ändern, wenn man die Vorstellung des Opfers gegen die einer freiwillig und freudig dargereichten Gabe austauschte? Etwa so, wie wenn wir einen Blumenstrauss mitbringen, wenn wir zu Besuch eingeladen sind. Ein Blumenstrauss ist harmlos. Beim Blumenstrauss denkt niemand Opfer – und schon gar nicht an Sühneopfer oder Entgelt, zumindest nicht im westlichen Gedankenkonzept. In Japan mag es anders sein, wenn das Gastgeschenk dem Wert der Bewirtung zu entsprechen hat.

Weg mit der archaischen Opferbereitschaft! Weg mit der Vorstellung, dass es wehtun muss, bevor man zufrieden sein kann. **Her mit der Freude am Willen zum Resultat, und vor allem her mit der Freude am dorthin führenden Weg!** Spass am Prozess. Freude während der einzelnen Schritte auf dem Weg, die zum Ziel führen. Dann wird der Weg tatsächlich zum Ziel...

Fleissig sein kann durchaus Spass bereiten. Dazu gehört auch, dass die Worte Fleiss und fleissig wieder mehr Achtung erfahren. Fleiss klingt nicht genug nach Anstrengung, um ernst genommen zu werden. Bienenfleissige Menschen erscheinen irgendwie naiv...

Die Energie jedoch, die solch eine positiv geladene Tätigkeit auslöst, steht im Gegenteil zum schmerzhaften Opfer. So gesehen muss Lernen und Erfahrungen sammeln kein steiniger, schmerzhafter Weg der selbstaufopfernden Hingabe sein. Hingabe ist eine Gabe, ein Geschenk. Wenn man Menschen zusieht, die sich einer Tätigkeit hingebungsvoll und aus freien Stücken mit Freude, widmen, dann scheinen sie nichts zu entbehren, oder sich gar schmerzlich aufzuopfern. Sie geben ihre Kraft und aktive Energie ohne den Imperativ des gleichzeitigen Leidens, welches den Erfolg heiligen soll. Dieser Zwang zum „Erleiden" macht jede Gabe selbstbezogen und egoistisch. Die Gabe hört auf eine zu sein, denn es wird in jedem Fall eine Gegenleistung erwartet – es soll ein Austausch stattfinden. „Do ut des" – sagten angeblich schon die Römer in Zeiten der Antike – „ich gebe, damit du gibst". Das klingt nach Bestechung.

Der Blumenstrauss für den Gastgeber bedeutet Freude – in den meisten Fällen, und in der Grundidee. So könnte auch jede Art von Arbeit einen schöpferischen, erfreulichen Ausdruck tragen. Das Opfer wandelt sich dann in eine tatsächliche Gabe, die gewiss mehr darstellt, als ein unter Schweiss und Tränen abgerungenes, schmerzhaftes Opfer.

Zum Schluss noch ganz andere Gedanken:

Die Bereitschaft zum Opfer und schmerzhaftem Verzicht kennt keine Entsprechung in der Natur. Die Vorstellung, dass Pflanzen und Tiere ihre Mitbewohner auf diesem Planeten ständig daran mahnen könnten, dass sie unter Leid und Schmerzen Opfer bringen, um die Menschheit mit Nahrungsmitteln zu versorgen, ist lächerlich. Ein Apfelbaum mag leiden, wenn er falsch behandelt wird, aber er wird wohl kaum zum Ausdruck bringen, dass er seine Äpfel nur unter grösster Anstrengung und viel Verzicht zum Reifen bringt, damit die Menschen Nahrung haben. Ein Hund mag sich tatsächlich für seinen Besitzer „aufopfern", doch er wird es natürlich nicht tun, um sich eine „wohlverdiente" Belohnung zu verschaffen. Den Hundekeks danach wird er mit einem Hunde-Dankeschön annehmen, das ist alles. Bei Katzen kommt man schon gar nicht auf solche Ideen... Die Natur verschenkt sich – nur

Menschen denken, sie müssten ihr mit Mühe und Not etwas abringen.

Wir leben in einer Welt, die auf Zahlen basiert. Wir rechnen und berechnen. Das hat seinen Sinn, sofern sinnvoll angewandt. Doch viele Bereiche des menschlichen Lebens lassen sich nicht berechnen. Das Leben kennt keine Kosten-Nutzen-Analyse – Kosten gleich Opfer, Nutzen gleich Vorteil, den man sich durch das Opfer erwirbt.

Ein Sinneswandel ist erstrebenswert, um all die Opfer in Gaben zu verwandeln, in Angebote, die angenommen werden können aber nicht müssen. So war es vielleicht ursprünglich einmal gedacht.....

———⁓———

Die Kreation eines Mythos

Ein Gruselgespräch aus dem 18. Jahrhundert

Das Zeitalter des Barock mit seiner wunderschönen Musik, seinen grossartigen Kunst- und Bauwerken ist ohne den Rückhalt im römisch-katholischen Glauben nicht denkbar. Allerdings trübt sich das Bild, betrachtet man etwas genauer die Tätigkeit jener, welche unter anderem auch die Länder der Tschechischen Krone mit der Hauptstadt Prag in ein eisernes Korsett katholischer Dogmen zwangen.

Um die damals angeblich so uneinsichtigen Tschechen von ihrem hussitisch reformierten Glauben abzubringen, wandten die Jesuiten im 17. und 18. Jahrhundert neben vielen anderen ein probates Mittel an: Das Theater. Theater als Erziehungsmittel, als Propaganda, als Verbreiter modern zu nennender Werbepraktiken. Durch das Medium des Theaters, das Medium der Predigt von der Kanzel – was auch eine Art von „Theatervorstellung" ist – und das Medium der Musik gelang ihnen eine unerreichte Beeinflussung des Denkens und Fühlens der Menschen. Gleichzeitig spannen sie ein Netzwerk aus allgegenwärtiger Überwachung, aus Zensur und Regeln. Katholiken wurden sogar aufgefordert anders Gesinnte „zu melden", d.h. zu denunzieren. Die Menschen fühlten sich ständig einer latenten Angst vor drohenden Strafmassnahmen ausgesetzt. Es ist fast ein Wunder, dass das tschechische Volk während jener vierhundert Jahre nicht vollends gebrochen wurde, und dass die tschechische Sprache, trotz grosser Anstrengungen sie auszulöschen, überlebte.

Die Jesuiten hatten sich aber beim Medium Musik grob verrechnet. Um mit Goethe zu sprechen, hier war am Werk jene „Kraft, die stets *das Böse will und stets das Gute schafft". Die Menschen schöpften Hoffnung aus der Musik, die ihnen eigentlich als Hirnwäsche zugedacht war. Das, was den Geist in Richtung jesuitischer Doktrin verbiegen sollte, ausgerechnet das, half ihn aufrecht zu halten. Davon handelt die folgende fiktive Szene, in deren Mittelpunkt der fanatische Jesuitenpater Antonín **K**oniáš steht. In der Szene ist er zwar abwesend – doch im Bewusstsein vieler ist er bis heute eine unrühmliche Gestalt der tschechischen Geschichte geblieben, in der die Barockepoche als „Finsternis / Temno" bezeichnet wurde.*

Die schwarzgekleideten Jesuiten kontrollierten sämtliche Mittel und Kanäle der Information, alle Durchlässe von Nachrichten und natürlich die Nachrichten selbst. Ihre Zensurbehörde verhinderte die Veröffentlichung von aufklärerischem Gedankengut, doch ganz unterdrücken konnte sie es nicht.

Dazu übernahmen jesuitische Patres alle pädagogischen Bereiche von der Grundschule bis zur Universität. Indem sie sich das gesamte Bildungswesen aneigneten, diktierten sie die Lerninhalte und die dahinter stehende Ideologie. Wer sich anpasste, konnte Karriere machen – wer nicht, der hatte zumindest ein schweres Leben. Andere flüchteten aus dem Land, und viele, die nicht flüchten wollten, suchten sich wenigstens ihr Refugium in der Musik.

Die eingeschworene jesuitische Männergemeinschaft verstand es, nachhaltige Geschichten zu erzählen. Meisterhaft woben sie dabei in reale Fakten einige „Ergänzungen" ein, die schicksalshaften Einfluss auf das Denken mehrerer Generationen hatten.

Man stelle sich nun beim Lesen der folgenden Geschichte einige solche schwarzen Gestalten vor, während sie eine Besprechung abhalten, bei der weiterführende Strategien erörtert werden. Die Szene mag fiktiv sein – ihr Inhalt ist es nicht...

„Man liebt die Musik in diesem Land, deshalb lassen Sie die Leute singen. Ausserdem bekämpft man sie damit auf ihrem eigenen Feld. Lassen Sie alle hussitischen Kanzionale verbrennen. Ersetzen Sie sie durch unsere Lieder. Durch Gesang graben sich die Worte ins Gedächtnis ein. Ist die Melodie gefällig, so formen sich die Worte wie von selbst und verdrängen alles Andere, was sich vorher im Gehirn angesammelt hatte. Diese Prozedur ähnelt unseren Exerzitien. Die gereinigten und aufnahmefähigen Gemüter lassen sich dann widerspruchslos mit neuem Inhalt füllen – aus freiem Willen."

„Gewiss, einer unserer Mitstreiter wendet diese Methode eifrig an."

„Er ist in der Tat ein Eiferer vor dem Herrn."

„Mag sein. Manchmal ist er vielleicht ein zu grosser Eiferer. Er neigt zu Übertreibungen. Obgleich, dass der Zweck die Mittel heiligt, ist uns bewusst."

„Wohl wahr. Unser Mitstreiter brennt in seinem Eifer. Doch wir beobachten ihn. Wenn eine Flamme zu stark brennt, dann wird sie sich bald selbst konsumieren. Bis dahin mag sie wertvolle Dienste leisten."

„Ich rate zur Vorsicht. Möglicherweise treibt unser Mitstreiter die Bevölkerung in einen stärkeren Widerstand."

„Befürchten Sie?"

„Durchaus. Er lässt Kinder singen."

„Kinder singen?"

„Er schreibt Liedtexte über Höllenqualen, die auf jene herab stürzen werden, die sich am stärksten für den Irrglauben einsetzen. Seine Wortwahl ist äusserst direkt und unzimperlich."

„Unzimperlich?"

„Ich würde eher sagen: Brutal und angsteinflössend – vor allem, was den Ketzer Hus betrifft."

„Und das lässt er Kinder singen? In welcher Sprache?"

„Ausnahmsweise in ihrer Landessprache. Die Kleinen können ja noch kein Deutsch, und sie sollen die Texte gut verstehen, um dann vor Angst getrieben, ihre Eltern und Angehörigen zu beeinflussen. Sie werden auch angehalten Meldung zu erstatten, wenn ihre Familienmitglieder sich gegen unsere Grundsätze auflehnen."

„...Kindermund tut Wahrheit kund? Unerbittlich. Nun ja, Denunziation adäquat eingesetzt, ist immer ein probates Mittel, um unerwünschte Denkweisen aus den Köpfen der Leute zu vertreiben. Wenn man nicht einmal in der eigenen Familie sagen kann, was man denkt, dann werden solche Gedanken schon bald vergessen sein..."

„Schon gut, aber was ist mit der erwachsenen Bevölkerung? Wird auch sie gezwungen die Lieder unseres Mitstreiters K. zu singen?"

„Die Bemühungen dieser Art sind bei den Erwachsenen leider nicht so erfolgreich...."

„Weshalb nicht?"

„Die Lieder des Mitstreiters K. sind leider von erheblicher Länge – die Übertreibung ist offensichtlich. So behauptet die erwachsene Bevölkerung listig, dass sie zu alt sei, und dass ihr Gedächtnis nicht mehr imstande wäre, um all die Strophen genau zu memorieren. Ausserdem seien sie doch allesamt ungebildet, wie sollten sie sich da so viele Worte merken können…"

„Interessant…"

„Ja, interessant und äusserst schlau. Sie versuchen uns zu übertölpeln. Nun, wir haben Zeit – und vor allem haben wir die junge Generation, die lässt sich formen".

„Gewiss, mit den kleinen Kindern kann man in der Schule solche Texte repetieren, bis sie sie im Schlaf beherrschen. Ausserdem haben wir genügend Spielraum, um ihre Übungen zu kontrollieren."

„Meine Herren Mitstreiter, ich fasse zusammen: Wir haben bereits sehr viel unternommen, doch scheint es, als hätte die Bevölkerung immer noch genügend Kraft, um jedwede Misslichkeiten auszuhalten. Wir müssen unsere Pläne anpassen. Gewalt erzeugt in diesem Falle lediglich Widerstand – und Widerstand können wir nicht brauchen, schon gar nicht jene Form des Widerstandes, die sich nur passiv äussert. Deshalb werden wir den Weg unserer Massnahmen zur – sagen wir mal – Erziehung und Umkonditionierung mit allen uns zur Verfügung stehenden Mitteln fortsetzen – und, glauben Sie mir, ehrenwerte Mitstreiter, uns stehen alle Mittel zur Verfügung."

„Es bleibt aber trotzdem unverständlich, warum die ganze Sache schon so lange dauert. Die Bevölkerung wird bereits seit langem körperlich geschwächt, wir haben ihre jungen Männer in die Kriege geschickt, wir haben die Anzahl der Überlebenden und der im Lande Verbliebenen unseren Vorstellungen angepasst, wir haben sowohl ihre weltlichen als auch die geistlichen Führungskräfte dezimiert, wir schweigen über ihre Geflüchteten und Exilierten oder wir setzen sie der Lächerlichkeit aus. Wir haben gelobt, gelockt und gedroht – doch die Situation hat sich nur unmerklich zu unserem Gunsten verändert."

„Sie haben Recht, werter Mitstreiter – diese Bevölkerung ist zwar unfähig zu physischem Widerstand, doch wir konnten ihren passiven Trutz bis heute nicht brechen."

„Woher beziehen die Leute ihre Kraft?"

„Anscheinend vor allem aus den Lehren dieses Hus, den man als Ketzer auf den Scheiterhaufen geschickt hatte."

„Ich bitte Sie, werter Freund und Mitstreiter, das war vor dreihundert Jahren! Seitdem hat man doch Einiges unternommen, um diesen Hus und seine Nachfolger vollends zu diffamieren!"

„Wie ihr aber seht, kam von den deutschen Protestanten Verstärkung. Es haben sich neue Gruppierungen gebildet, doch am Ende läuft es immer auf dasselbe hinaus: Sie predigen ein Leben in Einfachheit, Demut vor Gott, Nächstenliebe und Wahrheit – und dazu noch Gewissensfreiheit für alle."

„Das können wir nicht zulassen! Das würde zu einer Freiheit des Geistes führen, die unseren Plänen äusserst ungelegen kommt!"

„Aber welche anderen Mittel sollen wir noch anwenden? Wir können sie nicht alle auf den Scheiterhaufen schicken oder in die Flucht treiben – jemand muss noch im Lande bleiben, um die Arbeit zu tun! Denken sie an die Prosperität der Landwirtschaft und der Handwerke. Ausserdem braucht es Soldaten – wo sonst soll man für den Kaiser so viele kräftige junge Leute anwerben, die auch noch Deutsch verstehen und fähig sind zu gehorchen?"

„Zeitigt denn unser Schulwesen nicht genügend Erfolge?"

„Nun, unsere Schüler und Studenten sind begierig nach neuem Wissen, doch die realen Früchte des Unterrichts offenbaren sich nur widerstrebend."

„Warum?"

„Das ist doch offensichtlich, meine Herren Mitstreiter! Solange die Bevölkerung noch intelligent genug ist, um uns mit passivem Ungehorsam entgegen zu treten und solange auch die kleinen Leute noch teilweise Selbständigkeit im Denken und Handeln aufweisen, solange können wir annehmen, dass der Herd des Widerstandes bedeutend gross ist, und dass er nichts an seiner Kraft eingebüsst hat."

„Hört, hört…."

„Wir haben den Unterricht der ersten Grundstufen auf das Auswendiglernen von Gebeten und Regeln beschränkt. Dazu wird auch Singen geübt als Mittel zum rhythmischen

Memorieren jener Worte, die uns genehm sind – wenn ich auch zugeben muss, dass der vorher erwähnte Mitstreiter K. hier ein wenig übers Ziel hinaus schiesst.

Wir haben auch das Aufführen von Theaterspielen initiiert, die von unseren Mitstreitern geschrieben und im Schulunterricht eingeübt und aufgeführt werden. Dies sollte auf beiden Seiten wirksam sein – einerseits für die Schüler, welche sich die Rollen einverleiben, anderseits für die Zuschauer, denen eine dreidimensionale Erfahrung zuteil wird, die sowohl Sinne als auch Körper beeinflusst.

Allerdings scheint uns, als würden viele der jungen Leute ihre Schulzeit im Bewusstsein erleiden, dass es sich damit um ein vorübergehendes Phänomen handle. Nach aussen hin bringen sie sich ein, sie sammeln auch Wissen an – doch von jenen, uns genehmen Verhaltensweisen bleibt nicht so viel haften, wie erwartet."

„Hm, …. und der weibliche Teil der Bevölkerung?"

„Das ist ein äusserst schwieriges Thema. Die tschechischen Frauen und Mädchen sind leider nicht von genügend extremer Gemütsverfassung, die es uns ermöglichen würde den Einfluss der Frauen auf die Männer in unserem Sinne zu lenken. Die Frauen sind sanftmütig. Es fehlt ihnen nicht an Temperament, doch es drängt nicht nach aussen. Zudem besitzen sie eine sehr hohe Leidensfähigkeit und sind bemüht ausgleichend zu wirken. Wir müssen uns daher vermehrt an die weibliche Bevölkerung der oberen Schichten halten: Hier empfiehlt es sich, die weibliche Aufmerksamkeit auf Eitelkeiten und Querelen mit

Artgenossinnen zu lenken. In der Tat, den Frauen soll geholfen werden Ehrgeiz zu entwickeln, und ein wenig Konkurrenz zwischen den Geschlechtern kann befreiend wirken, finden Sie nicht auch?"

„Sie meinen also, dass der Einfluss der Frauen gerade durch ihre Zurückhaltung unseren Absichten schädlich sei? Vielleicht.... Es heisst, dass die Frauen den hussitischen Irrglauben am stärksten bewahren."

„Dies kann schon sein. Letztendlich fehlen uns Beweise."

„Es fehlen uns Beweise!!! Dann beschaffen Sie sich welche! Das wird doch wohl machbar sein durch Mittelsmänner einige dumme Weiber zu verführen, damit sie plaudern. Wie steht es übrigens mit den Anklagen wegen Hexerei?"

„Fehlanzeige. Nur vereinzelte alte Kräuterweiblein, die einsam in Armut leben. Hin und wieder werden ihre armseligen Hütten von der Soldateska heimgesucht. Es gibt dort aber nichts zu holen."

„Meine Herren Mitstreiter, so kommen wir nicht schnell genug voran. Wir brauchen neue Ideen. Etwas, das uns auch längerfristigen Erfolg herbeiführen könnte als dieser Grabenkrieg mit den kleinen Leuten. Das ist unser nicht würdig. Ich erwarte ihre Vorschläge. – Wie steht es mit Ihnen, mein werter Herr Kollega und Mitstreiter, Sie haben sich heute noch nicht zu Wort gemeldet. Teilen Sie uns doch Ihre Gedanken mit."

„Meine werten Mitstreiter in dieser Runde, ich hege sehr wohl einige Gedanken, welche die erwünschte langfristige

Wirkung zeitigen könnten. Gleichwohl, es wird noch eine gemeinsame Überarbeitung dieser Ideen notwendig sein. Bisher hatte sich die Bevölkerungen dieses Landes – sowohl die unteren als auch die noch verbliebenen oberen Schichten – an der Hinterlassenschaft dieses Johannes Hus orientiert und gestärkt. Mein Plan ist deshalb ganz einfach: Wir müssen diesen Hus durch eine andere Persönlichkeit ersetzen, die ihn allmählich aus den Köpfen der Leute hinaustreiben wird."

„Aber wie wollt ihr das erreichen? Haben wir nicht schon genügend neue Heilige produziert, die als leuchtende Beispiele dienen sollen?"

„Doch, das haben wir. Doch genau hier liegt die Crux – Sie verzeihen diese Wortwahl … Wir haben den Leuten Heilige vorgesetzt, die aus unserem Lager kamen und die anderen Nationen angehören. Dies ist das Problem, meine Herren Mitstreiter. Es braucht eine Persönlichkeit, die aus ihren eigenen Reihen kommt, eine Persönlichkeit der Unrecht geschah, eine Persönlichkeit, die verleumdet wurde und für die Wahrheit gelitten hat, jemand, der als ein Märtyrer der Wahrheit leuchten soll!

Erlauben Sie mir, mich zu erklären: Es gibt eine solche Persönlichkeit und sie stammt aus derselben Zeit wie jener Hus. Diese Persönlichkeit hat für den Glauben gelitten und für ihre Überzeugung. Diesem Menschen eilt der Ruf der Heiligkeit voraus, obwohl er noch nicht offiziell für heilig erklärt wurde... Wenn meine Schlussfolgerungen richtig sind, so wird sich eine solche Persönlichkeit aus verschiedenen Mosaiksteinchen zusammensetzen lassen.

Einige dieser Steinchen werden der reinen Wahrheit entsprechen, andere müssen – sagen wir – schöpferisch angepasst werden."

„Das klingt, als hätten Sie Ihre Idee schon lange analysiert und verfeinert."

„In aller Demut, Gott gab mir einen erleuchtenden Gedanken ein. Ich habe nur versucht die hartnäckige Verehrung, welche das tschechische Volk einem verurteilten Ketzer entgegenbringt, genau zu untersuchen und zu abstrahieren.

Das Resultat ist bestechend einfach: Wir werden eine historische Persönlichkeit finden, die ebenfalls aus den Reihen des Volkes kommt – dies wird die Person umso glaubwürdiger machen. Wir werden eine Person nehmen, die tatsächlich gelebt hat, von der aber nur wenig bekannt ist. Im Laufe ihres Lebens wird jene Person ein Amt bekleidet haben, mit dessen Ausführung sie in Konflikt geriet – auf diese Art können wir die Gewissensfrage einflechten. Das Ringen des Gewissens mit den niedrigen Trieben der Selbstsucht. Ein bekannter Interessenskonflikt. Wir werden dabei ein Ringen des Gewissens schildern, das nur mit Gottes Beistand gewonnen werden kann.

Noch einmal zur Repetition: Unsere Person sollte in derselben Zeit gelebt haben, wie der Ketzer Hus. Die Person sollte ebenfalls ein geistliches Amt bekleidet und in hohen Kreisen verkehrt haben, am besten am Königshof. Somit wird diese Person sowohl von den niederen als auch von den höheren Gesellschaftsschichten akzeptiert werden.

In der Darstellung dieser Person wird sich allmählich die Gestalt des Ketzers Hus auflösen, sein Bild wird überlagert und zum Verschwinden gebracht."

„Werter Mitstreiter, es scheint als hätten Sie diese historische Person bereits gefunden, habe ich Recht?"

„Gewiss, werter Mitstreiter, ich habe mich gründlich vorbereitet, um Ihre Zeit, und auch die aller hier Beteiligten, nicht zu vergeuden. – Der Kandidat, den ich zur offiziellen Heiligsprechung empfehle, war Notar in der erzbischöflichen Kanzlei zu Prag, in Diensten des Herrn von Jenzenstein, oder Jenstein, wie die Tschechen sagen. Der wiederum war zu jener Zeit Erzbischof von Prag, und man kann in mehreren Chroniken der damaligen Zeit nachlesen, dass König Wenzel, der Vierte dieses Namens, seinem Erzbischof nicht gerade freundlich gesinnt war."

„Spannen Sie uns bitte nicht länger auf die Folter, werter Mitstreiter, wie lautet der Name des Notars?"

„Der Mann hiess Johann von Pomuk – wir werden ihn Jan Nepomuk nennen – der tschechische, über alles lästernde Volksmund hat da schon gute Vorarbeit geleistet."

„Erklären Sie sich, bitte…."

„Es ist eine Art Wortspiel mit deutschen und tschechischen Worten, etwa im Sinn von „aufmucken" und „nicht aufmucken" – „keinen Mucks machen" – das wird die Kernidee der Legende um den heiligen Notar sein – dass er seiner Pflicht des Schweigens nachkam, um Christi Gebote und seines Gewissens willen."

„Gut durchdacht…. Vortrefflich. Ich glaube sogar, dass ich mich an ein bestimmtes Grab in der St. Veits Kathedrale zu Prag erinnere…. Da war doch etwas…"

„Wir werden natürlich alle verfügbaren und nachprüfbaren Indizien in den Lebenslauf jener Person einarbeiten. Das irdische Leben des Heiligen soll auf beweisbaren Fakten basieren. Den noch unbekannt gebliebenen Rest an Einzelheiten… den werden wir anzupassen wissen.

Wir werden betonen, dass dieser Jan Nepomuk ein Beichtvater war, der sein Leben für das Wahren des Beichtgeheimnisses hingab. Es wird betont werden, dass Jan Nepomuk starb, weil er seinen Schwur, eine ihm anvertraute Beichte nicht zu verraten, durch schwere Schmerzen hindurch bis in den Tod hielt. Das wird Eindruck machen. Die Botschaft dahinter ist jedoch eine andere. Die Botschaft lautet: Kommt alle im Vertrauen zur Beichte. Legt eure Seelenlast nieder – vertraut euch an – und es wird euch nichts geschehen.

Dadurch werden wir viel Informationsmaterial erhalten. Wir werden nur noch das Nutzlose vom Wichtigen trennen müssen. Der Gedanke dahinter ist folgender: Mittels einer klaren Struktur der Pfarreien und einer übersichtlichen Anzahl an Einwohnern, werden wir nutzbringende Informationen erhalten, um mehr Druck auszuüben. Es ist unerlässlich, dass die Leute glauben, der Allmächtige kenne jeden ihrer Beweggründe und jede ihrer Taten!

Wir werden dabei auch Etliches über Beziehungen und Verflechtungen der Leute untereinander erfahren, so dass wir in der Lage sein werden gewisse Entwicklungen vorauszusehen. Bedenken Sie, meine werten Herren Mitstreiter, keine Information ist zu gering! Aus vielen dieser sonst unausgesprochenen Teilchen können wir auf latente Tendenzen schliessen. Ich empfehle dringend, hierzu Berichte anzulegen."

„Eine vorzügliche Idee und Strategie! Ich befürworte sie in allen Belangen. Stellen wir uns also unserer Aufgabe, und möge uns anhaltender Erfolg beschieden sein. Amen"

Die „Drei Musketiere"
sind neuerdings politisch unkorrekt

Dass die „policital correctness" jetzt auch schon die französischen Literaturklassiker erreicht hat, musste ich mit anfänglichem Erstaunen und dann mit immer grösser werdendem Schrecken feststellen. Ich hatte bei einer Internetrecherche Kommentare entdeckt, die von jungen amerikanischen Lesern zu meinem Lieblingsbuch von Alexandre Dumas geschrieben wurden. Ausgerechnet die „Drei Musketiere", das Buch, welches meine Jugend entscheidend beeinflusste, welches mich zum Erkunden der Geschichte anregte, welches mir Leseabenteuer, Spannung und Träume bescherte, welches mich anspornte und neugierig machte. Dieses Buch wird nun anscheinend von einer neuen Generation, die mit jugendlicher Überzeugung geistig unfehlbar und mir somit moralisch übergeordnet ist, nach Strich und Faden verdammt. Verurteilt. In Grund und Boden gerammt, weil: Unethisch.

Ja, unethisch, denn in der Geschichte der „Drei Musketiere" wird gefochten, gekämpft, geliebt – und das intensiv, weil französisch. Es wird intrigiert, hintergangen und gerichtet – und das unerbittlich, weil irgendwie auch französisch. Doch gerade das „Französische" an dieser Art Literatur hatte ihren Erfolg begründet, hatte fasziniert. Wie viele Filme wurden wohl in den Ländern dieser Welt über die fechtenden, kämpfenden und liebenden „Drei Musketiere" gedreht? Wie oft ritten Hollywood-Berühmtheiten in Musketierkostümen und amerikanischem

Westernriding-Stil über die Ebenen der Grossen Plains oder durch die Steinwüsten des US-Südens, um uns, dullen Europäern, unsere Geschichte vor Augen zu führen? War das etwa nicht unethisch? Vielleicht hat sich ja der eine oder andere US-Zuschauer über die komische Aufmachung jener „Cowboys" gewundert...

Wie dem auch sei... Ich habe dieses Buch, einschliesslich all seiner Nachfolger aus der Hand von Alexandre Dumas, x-mal gelesen. Immer wiedergelesen, obwohl ich den Wortlaut bereits in verschiedenen Sprachen auswendig kannte. Ich bekam das Buch geschenkt, als ich zehn Jahre alt war und habe es richtiggehend verschlungen. Während Jahrzehnten kehrte ich immer wieder zu dieser Geschichte zurück und tauchte in sie ein. Als wäre sie eine Art Heimat, die mich nach längeren Abwesenheitsperioden immer wieder willkommen hiess.

Die Geschichten der „Drei Musketiere" waren mir Ansporn zu Studien, zu Recherchen und zum Schreiben. Die Lektüre der „Drei Musketiere" hinterliess bei mir Tränen und Lachen, Stolz und Verzweiflung, Wissendurst und die Sehnsucht dieses kontroverse Zeitalter in all seinen Facetten verstehen zu wollen. Ich lebte mit den Protagonisten der Handlung und drang vor in die Tiefen der barocken Seele. Nebenbei lernte ich zu unterscheiden, wo historische Tatsachen aufhörten und wo der Fabulierer Alexandre Dumas begann. Ich erweiterte ständig meinen Wissenskreis, ich forschte weiter, ich bildete mich weiter in Geschichte, Literatur, Kunst und Kultur – und all dieser Ehrgeiz – ein sich selbst erneuernder Antrieb – war im grossen und Ganzen meiner Erstlektüre der „Drei Musketiere" zu verdanken.

....und nun wird dieses Buch als „unethisch" und sogar als „sexistisch" bezeichnet. Zerschmetterndes Urteil einer Generation, deren Gehirne nicht nur blitzsauber gewaschen sondern leergefegt erscheinen. Erkennen sie denn nicht, dass hier eine Geschichte erzählt wird, die auf Lebensgewohnheiten basiert, welche dreihundert Jahre in der Vergangenheit liegen? Erkennen sie nicht, dass es vor dreihundert Jahren auf dieser Welt vielleicht anders zugegangen war als heute? Das heisst noch lange nicht, dass die Ansichten und Gewohnheiten der Menschen von damals zu billigen sind, und es heisst auch nicht, dass ich nicht wüsste, dass Dumas seine Erzählung durch den Filter seines eigenen Jahrhunderts schrieb... Doch solche Überlegungen kann man vielleicht nicht mehr von einer Generation erwarten, die sich von Hollywoodfilmen berieseln lässt, welche in ihren Augen wohl alle ethisch besonders wertvoll sind, da im eignen Land hergestellt? Filme von Intrigen und Kampf bis aufs Blut, von langatmig dargestellten Katastrophen und Verbrechen. Da freut man sich zusammen mit den Helden, die sich kratzend, beissend und um sich schlagend nach oben kämpfen. Was bitte, soll hier „ethischer" sein als an Geschichte der „Drei Musketiere"?

Wie kam es dazu, dass die neue Generation dieser Welt derart verächtlich auf alles blickt, das ihr voran ging? Warum werden sie nicht neugierig auf Epochen, die anders waren, warum fragen sie nicht nach Gründen, warum wollen sie nicht forschen? Arme Jugend. Eingeklemmt zwischen Leistungsdruck und Zukunftstraum, zwischen Konsum und Massenmedien, strandet sie an einer einsamen Endstation, wo der Inbegriff der Romantik eine Hochzeit in Hollywoodmanier ist.

Eigentlich sollte man darüber lachen, dass eine Generation, die sich keine „Faux-pas" erlaubt, eine Generation, die Silikonimplantate und Schönheitsoperation in Ordnung findet, und die meint, dass man sich den Weg nach ober erkämpfen muss – dass eine solche Generation meine Drei Musketiere „unethisch" findet. Das Lachen bleibt im Hals stecken, wird man sich der Parallelen in der Zeitqualität des späteren 17. und des frühen 21. Jahrhunderts bewusst.

Ein weiterer Punkt, der auch mit dem Buch über die „Drei Musketiere" zu tun hat, ist die Wortwahl und der Sprachgebrauch in historischen Romanen vor einer üppig barocken Kulisse des 17. Jahrhunderts.

In meinem zurzeit entstehenden Roman, „Maria Mancini – Die Freiheit der Fürstin Colonna" gehen viele der Ausdrücke auf die „Drei Musketiere" zurück. Sie sind zum Allgemeingut geworden und ich mache mir eine persönliche Freude damit. Wenn d'Artagnan „Mordious!" ausruft, so ist das der Ausdruck, den schon Alexandre Dumas als besonders „gascognisch" empfand und benutzte. Auch wenn der Kardinal Mazarin jemandem als „Monsou" anspricht, so ist das eine verballhornte Aussprache von „Monsieur". Andere Wörter sind wiederum auf den üblichen Sprachgebrauch des 17. Jahrhunderts zurückzuführen, wie zum Beispiel die

Bezeichnung „Baladins" für Tänzer/Schauspieler. Nicht alle Leser verstehen das, es ist deshalb notwendig Erklärungen anzufügen. Allerdings hat heute niemand etwas dagegen, Romane, die in anderen Sprachkulturen spielen mit Wörtern der entsprechenden Sprache zu spicken – und das meist ohne Erklärungen.

Es ist doch gerade der Reiz eines historischen Romans, das Gleichgewicht zwischen dem historischen und dem gegenwärtigen Sprachgebrauch zu finden. – und natürlich gibt es zuweilen Wörter, die in der modernen Sprache des 21. Jahrhunderts nicht mehr vorkommen und die auf Leser ungewöhnlich wirken. Na und? Schliesslich trug im 17. Jahrhundert auch noch niemand Jeans. Solange die historischen Ausdrücke nicht überhand nehmen, und solange sich keine Anglizismen und Amerikanismen unseres Coca-Cola-Zeitalters in eine barocke Erzählung einschleichen, sollte doch alles in bester Ordnung sein.

„Maria Mancini – Die Freiheit der Fürstin Colonna" ist gewiss kein Coca-Cola Roman. Es ist auch keine Lektüre im Filmdrehbuchstil. Das Zeitalter des Barock kam als geschichtliche Epoche mit grosser Wucht daher, es übertraf in Klang, Bild und Wort alles bis dahin Gewesene. Diesem Umstand darf ruhig Achtung gezollt werden. Barock polarisiert – entweder es gefällt, oder man lehnt es strikt ab. Vielleicht ist dies der tatsächliche Grund für das vernichtende Urteil der amerikanischen Jugendlichen über die Geschichte der „Drei Musketiere"? Dieses Barock mit seinen so nah beieinander stehenden Gegensätzen. Mit dem abrupten Wechsel von Hell zu Dunkel, von Leidenschaft zu Selbstbeherrschung, von ekstatischer Entrücktheit bis zur kühlen, kartesianischen Ratio. Alexandre Dumas schrieb im 19. Jahrhundert, einer Zeit, die zu neuem Aufbruch drängte und dem barocken Zeitgeist ähnlich war, möglicherweise gründete darin der Erfolg seiner Romane...

....und was die Filmdrehbücher angeht: Die Welt des Films verführt dazu, dass heute Bücher in der Art von Drehmanuskripten geschrieben werden. Der Film stellt Ereignisse in verkürzter Form dar. Der Film lässt uns vergessen, dass auch er Theater ist. Der durchschnittliche Unterhaltungs-Film formt die Fantasie der Zuschauer nach vorgegebenen Sequenzen. Die Sprache ist meistens einfach und Dialoge und Sätze können vom Gehirn des Zuschauers oft gleich beim Mithören ergänzt werden. Handlungen sind vorhersehbar. Solchen Filmen entspricht leider auch die meiste Literatur auf dem heutigen Markt. Die Bücher gleichen sich Filmen an, und die gesamte Kreativität von Autoren und Filmschaffenden verkommt zur Fliessbandproduktion einer Unterhaltungs-Massenware.

Einem solchen Trend will ich nicht folgen.

Die (künftigen) Leser meines Romans „Maria Mancini – Die Freiheit der Fürstin Colonna" seien deshalb gebeten, sich auf die sprachliche Andersartigkeit einzulassen und die barocke Explosion an Farben und Formen auch im Ausdruck der Sprachvielfalt zu geniessen – es lohnt sich.

Im Februar 2018

Staat, Nation und Nationalität

Warum es ohne Nationen keine Inter-Nationalität gibt

Zitat aus der Zeitschrift „Damals", Magazin für Geschichte, 6/2006 – Artikel über Sigismund von Luxemburg, „Der Kronensammler" (Mario Müller): **„.....es (das Mittelalter)...kannte keine Staaten...".**

Das Zitat hat schon einige Jahre auf dem Buckel, trotzdem ärgert mich die Aussage noch immer. Ausgerechnet in einer späteren Ausgabe von „Damals", zu Beginn der Feierlichkeiten zum 600. Jahrestag des Konstanzer Konzils (1414-1418), wurde dessen Initiator, Sigismund von Luxemburg, als „Staatsmann" und „pragmatischer Politiker" bezeichnet. War dies nur ein krampfhafter Versuch Geschichte aktuell und in einem modernen Kontext zu präsentieren, oder hatte sich unterdessen vielleicht doch die Meinung der Historiker über das Staatswesen geändert? Es ist nicht anzunehmen.

Aussagen wie das obere Zitat werden oft im gleichen Atemzug mit ebenfalls angeblich nicht existenten Nationen im Mittelalter genannt, obwohl die gleichen Experten ungeniert vom „Ordensstaat der Deutschritter" sprechen, wenn sie sich auf die Gebiete des Deutschen Ordens beziehen, welche die Deutschritter den slawischen Preussen weggenommen hatten. Also doch Staat...?

Es gibt viele Definitionen, was denn nun ein Staat ist. Alle diese Definitionen, wie man sie in Lexika nachschlagen kann, sind sich grundsätzlich einig, dass es mindestens drei Kriterien braucht, um von einem Staat zu sprechen: Volk, Regierung, Land. Sehr einfach, sehr einleuchtend. Ohne Volk gibt es nichts zu regieren, obwohl man Land besitzen kann. Die Regierung muss dabei eine Art Gesetzes- oder Sittenkodex aufweisen, nach dem sich alle zu richten haben und nach dem sie gerichtet werden sofern notwendig. So weit so gut. Man kann sich verrenken wie man will, alle diese Kriterien treffen auf die mittelalterlichen Staaten zu, um dieses Wort bewusst zu verwenden. Es gab damals voneinander abgegrenzte Territorien, es gab Strukturen, die das Zusammenleben organisierten und Institutionen, die den Einwohnern eine Rechtsordnung garantierten, gemeinsam mit einer wie auch immer gearteten Regierungsform. Nicht zuletzt war eine Gemeinschaft an Menschen vorhanden: Das Volk, welches regiert wurde. Die Kriterien waren gegeben. Dass es nicht immer funktionierte, das ist eine andere Geschichte. Es wird auch niemand behaupten, dass es in der modernen Gegenwart immer funktioniert, obwohl wir uns sogar überstattlicher Institutionen, wie der Vereinten Nationen etc. pp. rühmen können.

Apropos Vereinte Nationen: Im Trend der Gegenwart liegt es das Wort „Nation" zu vermeiden, vor allem dann, wenn die Rede von Nationalstaaten ist. Zu Beginn es 21. Jahrhunderts ist ein Nationalstaat auf einmal etwas geworden, das stört, etwas das angeblich ein Überbleibsel einer längst überholten Vergangenheit sein soll, ein störrisches Beharren in Rückständigkeit. Aus Presse, Fachliteratur und Berichterstattung erfahren wir, dass Nationalstaaten, selbstbezogen, abgeschottet, populistisch, fremdenfeindlich und im negativen Sinn traditionalistisch seien, und dass es für alle besser wäre, es gäbe diese Nationalstaaten nicht mehr. Allerdings – wenn Nationen und Nationalstatten verschwinden, dann muss auch die Institution der Vereinten Nationen verschwinden, denn sie wird dann ihren Berechtigungsgrund zum Dasein verloren haben – und wohin dann mit all den plötzlich arbeitslos gewordenen Mitarbeitern dieser Institution? Das sind wahrlich apokalyptische Visionen!

Ein „Europa der Regionen" haben uns die Gründer und Befürworter der Europäischen Union verkündet. Niemand müsse auf seine traditionellen und kulturellen Eigenheiten verzichten beteuerten sie im tiefen Brustton der Überzeugung. Doch eine „Region" ist kein selbständiger Staat mit eigener Oberhoheit.

Doch zurück zum ernsthaften Thema dieses Artikels: Worin liegt die Annahme begründet, dass es angeblich keine mittelalterlichen Staaten gegeben haben soll?

Es sind oftmals deutsche Historiker, die sich davor scheuen von Staaten im Zusammenhang mit dem Mittelalter zu sprechen. In der Tat konnte damals weder einem deutschen noch einem italienische Staat gesprochen werden, wenn sich auch die Situation in Ländern wie England oder Frankreich damals ganz anders stellte, um nur die zwei bekanntesten „Staaten" zu nennen. Das Wort „Staat" an sich wird zwar erst seit dem späten 15. Jahrhundert gebräuchlich, doch die Formen und Strukturen waren vorhanden auch bei anderslautender Bezeichnung. Wenn es Gesetzeskodizes, Gerichte, Institutionen für Wirtschaft und Finanzen gab, wenn ein Regierungsoberhaupt da war, dem Beamte zur Verfügung standen, die in diplomatischen Missionen unterwegs waren, wenn Volk und Land vorhanden waren – was, bitte, sollte da nicht als Staat bezeichnet werden? Vor allem dazu noch in Gebieten, wo eine einheitliche Sprache gesprochen wurde, und wo sogar eine einheitliche geistige Kultur gepflegt wurde?

Der Satz „das Mittelalter kannte keine Staaten" ist deshalb falsch. Die Aussage enttäuscht. Könnte es sein, dass zusammen mit dem Wort Staat sich das Wort Nationalität aufdrängt, und dass die Thematik der Nationen und Nationalitäten schon immer ein wenig heikel war – insbesondere im deutschsprachigen Raum? Lassen wir einmal die mittelalterlichen Universitätsnationen und die Konzilsnationen weg, denn das waren eindeutige administrative Abgrenzungen. An der Universität Paris gehörten Deutsche zur englischen Nation, in Prag dagegen konnten sie sich auf die sächsische oder bayrische Nation aufteilen. Um diese Art von Nationen geht es nicht.

Nationen oder Nationalitäten ergeben sich entweder aufgrund ethnischer oder staatlicher Zugehörigkeiten, sagt uns die lexikale Definition. „Nascere" – geboren werden – Nation. Dort, wo ein Mensch im Mittelalter geboren wurde und aufwuchs, dort wo seine Familie ansässig war, dort gehörte man dazu. Daran änderte nichts, dass man das Bürgerrecht der einen oder anderen Stadt erwerben konnte, wenn Grund dazu bestand. Allerdings gilt dies nicht für alle Gesellschaftsschichten. Nation, Nationalität werden jedoch von aussen wahrgenommen, als Antworten auf die Frage: „Woher kommst du?"

Das Universitätswesen des Mittelalters mit ihren vielen Studenten und Dozenten, die aus allen Ecken Europas kommend sich an den Universitäten trafen, wird stark unterschätzt im Hinblick auf das Gefühl einer „nationalen" Zugehörigkeit. Aber gerade dort war dieses Gefühl sehr ausgeprägt. Man kam von „irgendwoher" und man wurde „irgendwohin" zugeteilt. An den Universitäten entstanden die administrativen „Nationen". Sie waren ein Mittel, um neuen Studenten Hilfe zu bieten, damit sie sich am neuen Ort orientieren konnten, und damit die Verwaltung der Universität Übersicht über ihre Mitglieder erhielt. Doch, obwohl sämtliche Lehrer und Studenten mit Latein ein bestens geeignetes Verständigungsinstrument zur Hand hatten, griff dieses Instrument nur im Bereich der Bildung und vielleicht noch im grenzübergreifenden Handel. Darüber hinaus brauchte man lokale Sprachkenntnisse gefolgt von Kenntnissen ebenfalls lokaler Gesetze und Sitten. Dies galt nicht nur für Angehörige einer Universität, sondern umso mehr für die vielen Pilger, die auf den grossen Pilgerrouten des Mittelalters Regionen mit unterschiedlichen Sprachen zu durchqueren hatten.

Wer bekennt sich nun im Mittelalter zu einer Nation, zu einem Volk? Auch das ein Wort mit neuerdings ungeahnter Sprengkraft.

Es ist sicher nicht der höhere Adel, und schon gar nicht der Fürstenstand. Für den Adel zählt nur die Verbindung zur Familie. Für den Adel, vor allem die höchst mobile Aristokratie, ist die Abstammung der Familie, die Blutlinie, von Belang. Adel – damals wie heute – ist untereinander über Landesgrenzen verwandt, versippt, verschwägert. Der Adel war damals schon und ist es heute noch – global.

Adel braucht eine monarchische Regierungsform als Daseinsberechtigung. Dann scharen sich Angehörige des Hochadels, sowohl Männer als auch Frauen, um die höchste Macht – einen Fürsten, einen König oder Kaiser. Im Mittelalter war Landbesitz Machtqualifikation und diente in erster Linie als Basis zur Erhaltung der Interessen der Familie. Grundbesitz, Immobilien bildeten den wirtschaftlichen und finanziellen Rückhalt. Jedermann investierte in Grundbesitz. Reichgewordene Stadtbürger kauften erst Häuser in der Stadt, um danach ihre Investitionen auf das umliegende Land auszuweiten. Agrarland, Bauernhöfe, ganze Dörfer, Mühlen, Burgen und später ausgedehnte Landsitze. Dies hat sich bis heute nicht allzu sehr verändert. Das Beispiel der Familie von Liechtenstein zeigt besonders schön, dass es einer einzigen Familie gelingen kann mit Geduld, Beharrlichkeit, guter Fruchtbarkeit und geschickter Erbfolgeregelung, sich sogar einen eigenen Staat zu basteln. Was den Liechtensteinern im Laufe der Jahrhunderte gelang, ist auf seine eigene Art einmalig. Zugegeben, es fällt mir manchmal schwer gegenüber dieser Familie positive Gedanken zu hegen, doch hier steht mir meine ursprüngliche, tschechische Nationalität und meine Sympathie für die tschechischen Reformatoren Jan Hus und Jan Amos Komenský im Weg. Sympathien hege ich höchstens für einen Vorfahren der Liechtensteiner, jenen Ulrich von Liechtenstein, der von seiner Kärntner Burg als mittelalterlicher Sportprofi des 13. Jahrhunderts von Turnier zu Turnier zog und sich seinen Lebensunterhalt aus den gewonnenen Kampfspielen finanzierte. Heute würde man ihn einen „Freak" nennen, da er und seine Begleiter fantasievoll kostümiert an den Turnieren erschienen – einmal als König Artus mit Hofstaat, ein andermal als Frau Venus mit Gefolge. Nach der Sportkarriere verwaltete Ulrich sein Lehen, hatte einige Fehden auszufechten, geriet in Gefangenschaft, doch er wurde letztendlich um die siebzig Jahre alt und hatte im Leben sicher viel Spass gehabt.

Zurück zum Adel und zur Staatlichkeit, die es in diesem Zusammenhang nicht gibt. Die Adelsfamilien besassen im Mittelalter Grund und Boden und wirtschaften damit. Daran hat sich seitdem nichts geändert. Was sich änderte war die soziale Komponente der Gesellschaft. Bis weit ins 19. Jahrhundert gehörte zu Grund und Boden auch der Bauernstand. Ein freier und unabhängiger Bauernstand war im Lauf der Jahrhunderte immer mehr zurückgedrängt worden. Die absolute Mehrheit jener Menschen, die das Land bearbeiteten und zum sogenannten „Nährstand" der mittelalterlichen Gesellschaft gehörten, war nicht frei. Sie zählten zum Inventar der Grundbesitzer und ihre Arbeit hatte Ertrag zu bringen. Diese Menschen waren grundhörig, schollengebunden, leibeigen. Was taten frühere Historiker und Sprachwissenschaftler nicht alles, um das böse Wort „Sklave" oder „Arbeitssklave" zu vermeiden? Man wand sich drum herum, man suchte nach Worten, allein mit dem Vorsatz den tabu-behafteten Tatbestand einer europäischen Sklavenhaltung nicht benennen zu müssen. Dies wirkt bis heute nach. Über Sklaverei in der eigenen Vergangenheit sprechen Europäer nie. Sogar meine Geschichtslehrerin an einer bayrischen Klosterschule, eine hochgebildete Nonne und Oberstudienrätin, erklärte uns damals, dass die Begriffe „leibeigen" und „Sklavenhaltung" nicht dasselbe bedeuteten, denn die Leibeigenen durften ein wenig persönlichen Eigenbesitz haben, die Sklaven dagegen nicht. Wie tröstlich. Ausserdem, Menschen christlichen Glaubens durften nicht auf Sklavenmärkten verkauft oder gekauft werden. Dass dieses Verbot für christliche Sklavenmärkte galt, und dass Christen durchaus Andersgläubige als Sklaven erwerben, halten und wiederverkaufen durften – das wurde uns nicht so genau erklärt, denn dann hätte man die Existenz der christlichen Sklavenmärkte zugeben müssen. In dieser Hinsicht bedarf es noch einiger Richtigstellung auf diversen Gebieten der Geschichtsschreibung.

Was unterschied dann aber einen Sklaven von einem schollengebundenen und leibeigenen Bauern, wenn die Bauern zum Inventar des Grundstücks gehörten? Man kaufte und verkaufte Bauern zusammen mit der Immobilie, so war es für alle praktisch: Die Bauern blieben, wo sie waren, der Verkäufer musste sie nicht mühsam umsiedeln und der Käufer musste keine neuen Bauern stellen. Allseits Zufriedenheit... Es erinnert irgendwie an moderne Kaufverhältnisse von Wohnblöcken mit Mietwohnungen oder an Belegschaften von Firmen, die den Besitzer wechseln. Doch zurück zum Mittelalter:

Nicht nur Burgen, Höfe, Dörfer, Städte einschliesslich Hinterland, sondern auch ganze Herrschaftsgebiete, Fürstentümer, Grafschaften etc. wurden verkauft, verpfändet, abgetauscht. Sie wechselten ihre Besitzer und mit dem Besitzer manchmal auch die Regierungsform bis hin zum Wechsel von Glaubensbekenntnissen. Hierbei ist nur die Rede von friedlichen Wechseln, es geht nicht um Eroberungen im Kriegsfall und bei feindlichen Raubzügen.

Das Bewusstsein, dass man mit einem geographischen Gebiet verbunden ist, dass man dessen Sprache spricht und dessen Gewohnheiten ehrt und bewahrt, war eher beim niederen, landsässigen Adel und vor allem bei den Nicht-Adeligen vorhanden. Der bürgerliche Mittelstand fühlte sich mit seiner Stadt verbunden Die Stadt garantierte Freiheit, die Stadt bot Aufstiegsmöglichkeiten und Sicherheiten. Selbst die schollengebundenen Bauern und Leibeigenen hatten auf ihre eigene Art ein tiefes Gefühl für die „Heimat". Auch sie hatten ihre Netzwerke, ihre familiären Bindungen dort, wo sie „zu Hause" waren.

Das Gefühl der Zugehörigkeit entsteht durch einen umgrenzten Raum, durch die gleiche Sprache, durch Bekanntschaft untereinander, durch gemeinsames Gewohnheitsrecht. Man kennt sich, man kann seine Mitmenschen einordnen, man weiss, was man voneinander erwarten kann, sowohl positiv als auch negativ. Sicherheit entsteht. Solidarität untereinander.

Die Tendenzen des Hochadels zur „Globalisierung" - zusammen mit der aufstrebenden Schicht reicher Kaufleute und Bankherren, und auch der katholischen Kirche als Institution, waren im Mittelalter den Gewohnheiten der landsässigen Bevölkerung, die ihrer eigenen und gebietsüblichen Kultur lebte, entgegengesetzt. Dazu ein Beispiel: Als zu Beginn des 14. Jahrhunderts, nach bereits vielen Wirren, sich die Familien des tschechischen Hochadels nicht auf einem Königskandidaten aus ihren eigenen Reihen einigen konnten, schlug die Stunde der Luxemburger. Die Grafen von Luxemburg eroberten den Prager Königsthron und die die römische Kaiserkrone. Richtig: Römische Kaiserkrone, auch wenn sich der Begriff römisch-deutsch eingebürgert hat, doch das hat nichts mit dem Mittelalter zu tun. Das sogenannte „Heilige römische Reich deutscher Nation (!)" wird erstmals gegen Ende des 15. Jahrhunderts erwähnt als die Luxemburger Kaiser bereits Geschichte waren und sich die kaiserliche Krone fest an das Haus Habsburg band. Es würde zu weit führen, den recht komplizierten Weg des römischen Kaiserreiches zu einem deutschen Kaiserreich beschreiben zu wollen, obwohl die Thematik im Zusammenhang steht. Im vorliegenden Beispiel geht es nur um die Luxemburger Dynastie und ihre Machtansprüche. Etwa anderthalb Jahrhunderte lang griffen sie in die politischen Machtstrukturen Europas ein. Einer von ihnen war der geniale Karl IV., hervorgegangen aus der Verbindung des Hauses Luxemburg mit dem tschechischen Königshaus Přemysl. Karls Sohn Sigismund, war der letzte Herrscher dieser Familie. Er vereinte auf sich die Kaiserkrone mit dem Besitz der Kronen von Tschechien, Ungarn-Kroatien und der rein symbolischen Krone der Lombardei. Sigismund, der „Kronensammler" starb am 9. Dezember des Jahres 1437 im Alter von 69 Jahren.

Ab 1415, nach der Verurteilung von Jan Hus in Konstanz, eskalierten in den Ländern der tschechischen Krone kriegerische Unruhen und religiöse Reformversuche. Die Zeit der Hussiten und die Zeit der Kreuzzüge gegen die Hussiten war angebrochen. Es war ein Aufstand der niederen Gesellschaftsschichten, der Städter und auch des Landadels – ein Aufstand des „Volkes", nicht nur religiös, sondern auch hochgradig national motiviert, trotz aller Versuche späterer deutscher Historiker, die nationale Komponente wegzuerklären.

Deshalb ärgern mich Aussagen, dass man im Mittelalter weder Nationen/Nationalitäten noch Staaten kannte, als wäre ein Königreich kein Staat. Es suggeriert eine Losgerissenheit, eine enttäuschende Un-Zugehörigkeit. Menschen, die sich weder zu einer globalen Führungsschicht (Adel), noch zu den Hierarchien des

Geldes oder einer akademischen Elite (Kirche) zählen können, werden beliebig und austauschbar. Austauschbar ist zwar im Mittelalter jeder – doch die Aussage suggeriert eine hoffnungslose Heimatlosigkeit. Dieses Bild ist falsch. Genauso falsch wie das Bild der allem aufgeschlossenen Weltenbürger des 21. Jahrhunderts.

Auch heute sind Menschen trotz all ihrer Weltläufigkeit, noch stolz auf ihre Herkunft, ihre Nation. Am Deutlichsten tritt dies bei internationalen Sportveranstaltungen zutage. Die Fussball-Weltmeisterschaft 2018 endete für die Schweizer Nationalmannschaft mit einem peinlichen Skandal, als ein Schweizer Spieler im Stolz auf den errungen Sieg der Schweizer Nationalmannschaft mit seinen Händen das albanische Nationalsymbol, den „Doppeladler", formte. Ein Schweizer Spieler, ein albanischer Secondo, in der Schweiz geboren, aufgewachsen, zur Schule gegangen, und mit allen schweizerisch staatlichen, amtlichen Dokumenten zur Identifikation ausgestattet. Blut scheint eben doch stärker zu sein, als die Tinte und Druckerfarbe in Pässen und auf Personalausweisen. Was zu beweisen war.

Eine konsequente „globale Haltung" müsste gerade die Organisatoren solcher Grossanlässe verpflichten, ihre Veranstaltungen gleichmacherisch in kommunistischer Manier, und ohne jedweden Bezug zu den jeweiligen Nationalstaaten durchzuführen. Olympiaden ohne einen feierlichen Einzug der Nationen, ohne Nationalhymnen bei Siegerehrungen. Keine „Verständigung der Nationen", keine „Verbrüderung" – nur noch Sport, Leistung, Wettkampf. Allein die Sportler dürften im Fokus stehen, und bei Mannschaftssportarten würde es lediglich Fantasienamen für gegeneinander antretende Teams geben. In letzter Konsequenz dürfte es auch die kommunistische „Internationale" gar nicht geben, denn der Begriff widerspricht der Idee der „globalen Menschheit". Eine „Inter-Nationale" setzt „Nationen" voraus.

Eine globalisierte Welt, eingeteilt lediglich in administrative Bezirke, und regiert von einer zentralen Stelle aus. Eine „Welt der Regionen", wo aus touristisch bedingten Gründen vielleicht noch etwas Küchen-Folklore erlaubt sein wird, da dies die Urlaubsgäste und deren Geld anzieht – und weil einige unbelehrbare pflanzliche Lebensmittel unbedingt lieber im Süden gedeihen wollen als am Polarkreis. Danach müssten auch die einzelnen Landessprachen eliminiert werden, höchstens als regionale Dialekte geduldet, denn die Weltmenschheit soll sich nur in einer einzigen Sprache verständigen, das ist einfacher und bequemer. In einer solchen Welt müsste natürlich auch die Geschichtsschreibung angepasst werden, denn sonst könnten vielleicht wieder „rückständige" Ideen von Nationen und selbstbestimmenden Staaten entstehen... Eine ungemütliche Vorstellung.

Vielleicht sollte man für sehr lautstarke Befürworter der Globalisierung den Begriff „Nationalitätenleugner" einführen, solche Schlagworte sind heutzutage beliebt. Es wäre interessant zu erfahren, wie viele Zeitgenossen sich davon in ihrer Ehre verletzt glauben würden.

Zum Schluss: Der Autor des Artikels aus dem Magazin „Damals" aus dem Jahr 2006 verglich darin das Amt des deutschen Staatspräsidenten mit den Königsämtern von Sigismund von Luxemburg. Was wollte er uns damit sagen? Sigismund war bekanntlich als König ständig in Geldnot, da er auf keinen persönlichen Besitz zurückgreifen konnte. Wenn man das auf den deutschen Staatspräsidenten anwendet – ist es zumindest ein interessanter Gedanke …

Matriarchal und patriarchal

Was sich hinter Adjektiven versteckt

Nachdem ich mich nun längere Zeit mit Forschungen über frühere matriarchale Formen der menschlichen Gesellschaft auseinandergesetzt habe, bin ich begeistert und entsetzt zugleich. Nebenbei: Das Korrekturprogramm meines Computers kennt das Wort „matriarchal" nicht. Unentwegt und hartnäckig unterstreicht es das Wort und schlägt als „richtige" Schreibweise „patriarchal" vor. Nun, Korrekturprogramme in Computern sind, wie die Maschinen selbst, auch nur von Menschen gemacht. Von Menschen, denen Algorithmen und binäre Codes näher sind als die Entwicklungsgeschichte der Menschheit. Es sei ihnen verziehen, ihre Maschinen erleichtern mein Leben. Allerdings zwingt mir die Benutzung einer solchen Maschine auch Verhaltensregeln auf. Damit ich das Potential eines elektronischen Geräts nutzen kann, um meine eigene Kreativität mit dessen Hilfe auszudrücken, muss ich mir seine „Denkweise" zu Eigen machen, damit ich es bedienen kann. Als Erstes: Ohne Strom läuft gar nichts. Strom gleich Nahrung.

Um Nahrung ging es ebenfalls vor mehreren tausend Jahren, als sich Menschen aus nordöstlichen Regionen Asiens aufmachten, um neue Weidegründe für ihr Grossvieh zu suchen, denn die Gebiete, in denen sie bis dahin gelebt hatten, boten ihnen keine Nahrungsgrundlage mehr. Pferde und Rinder bildeten ihren Reichtum und das Ansehen ihrer Besitzer. Schafe und Ziegen wurden lediglich als nützliches „Kleinvieh" nebenbei gehalten. Die Menschen waren Nomaden oder Halbnomaden. Sie zogen von Weideland zu Weideland und waren bestrebt ihre Viehherden immer zu vergrössern. Die Ordnung ihres Zusammenlebens wurde von Vätern bestimmt: Familien-, Sippen-, Stammväter. Schon früh teilte sich die Herrschergewalt dieser Väter in eine weltliche und eine geistige: Könige und Priestermagier. Das Ziel war Machtgewinn durch Reichtum an Land, untergeordneten Menschen und Viehbestand. Dass sich dabei die beiden höchsten Mächte, der König und der Priestermagier, einmal die absolute Macht streitig machen würden, lag in der Natur der Sache. Diese Gesellschaften waren keinesfalls friedlich. Kulturen, die auf Besitz und vor allem auf Landbesitz-Erweiterung gründen, sind nie friedvoll.

Nun begannen diese Völker, ab einem bestimmten Zeitpunkt, aus ihren zu klein und zu wenig fruchtbar gewordenen Gebieten nach Südosten abzuwandern und trafen unweigerlich auf andere menschliche Gesellschaften. Sie trafen auf Kulturen, die ihrer eigenen entgegengesetzt waren. Sie trafen sowohl auf hochentwickelte und gereifte, alte Zivilisationen als auch auf einfachere Gesellschaften, die Ackerbau betrieben, Schafe und Ziegen hielten und auch Wälder zu ihrer Lebensgrundlage zählten, indem sie ein wenig Jagd, Fischfang und Sammeltätigkeit betrieben. Diese sesshaften Völker und Kulturen hatten eine andere Art zu leben: Ihre Gesellschaft war auf das Allgemeinwohl ausgerichtet, auf Verständigung untereinander und auf Verständnis der übergeordneten Zusammenhänge. Naturerkenntnis, Verstehen der des Zusammenspiels der äusseren und der inneren Welt. Nicht die Erweiterung des Besitzes sonders des Bewusstseins stand im Mittelpunkt. Diese Kulturen waren die Erbauer der Megalithanlagen, der Steinkreise und Tempel. Solche Anlagen zeugten von wissenschaftlichen Kenntnissen: Sie dienten als Kalender, zur Bestimmung von Aussaat und Ernte, als Wegweiser und als Beobachtungsstationen der Gestirne. Diese Kulturen setzten sich mit der Fruchtbarkeit der Erde auseinander, denn sie waren sesshaft. Da sie an Ort und Stelle blieben, mussten sie herausfinden, wie die Erde am besten zu bearbeiten war, damit sie Jahr für Jahr Ertrag gab. Bodenbearbeitung verlangt Wissen, Planung und gemeinschaftliche Arbeit. Die Erde schenkt den Menschen Nahrung, wenn die Menschen mit der Erde zusammen arbeiten, und damit die Zusammenarbeit noch besser gedieh, arbeitete jeder Mensch nach der Massgabe seiner Kräfte und seiner Begabungen. Dies alles wurde den Angehörigen der sesshaften Kulturen von ihren weisen Frauen erklärt, den Grossen Müttern. Sie wirkten als Organisatorinnen ihrer Gesellschaften, als Beraterinnen in allen Lebensbereichen und auch als Mittlerinnen zwischen Mensch und Götterwelt. Auf diese Kulturen trafen nun die aggressiven Stämme der Pferde- und Rinderzüchter mit grossem Bedarf nach Land und Eigenbesitz.

Der Wechsel von der matriarchalen zur patriarchal bestimmten Lebensform soll etwa ab 5000 v. Chr.

begonnen haben. Dann wäre vielleicht an der „Genesis" mit der Geschichte über die Vertreibung aus dem Paradies doch ein Körnchen Wahrheit dran, wenn auch ein kleines. Zumindest wird diese Geschichte von jüdischen Autoritäten zeitlich so gesetzt. Wie auch immer - zumindest ist es ein interessanter Gedanke, dass Teile gewisser Überlieferungen nicht ganz ins Reich der Symbolik zu weisen sind, auch wenn die richtige Interpretation noch gefunden werden muss.

Das Paradies wäre demnach die matriarchale Gesellschaft gewesen, welche die Naturgesetze achtete und die den Fokus auf eine gemeinschaftliche Lebensweise legte. Miteinander, nicht gegeneinander. Die Frau, die den Mann zu einem paradiesischen Leben im Überfluss verführt, und ihm auch noch Erkenntnisse über Natur und Geisteswelt vermittelt, das passt allerdings nicht ins Gedankenschema von Opfer und Verzicht, um göttlicher Gnade zu erlangen. Es passt auch nicht zur Vorstellung der Ausschliesslichkeit eines von Gott auserwählten Volkes und eines all-einigen Vater-Gottes. Gott als selbst-erzeugender, selbst-hervorbringender Vater des gesamten Universums. Dem Vater seien Himmel und Erde untertan. Aus dieser Haltung entstanden im Laufe der Jahrhunderte die abenteuerlichsten Alibi-Theorien und väterliche Rechtfertigungen, denn auch den Viehzüchter-Vätern war schon immer klar, dass es zur Zucht beide Geschlechter braucht.

Zwei extrem gegensätzliche Kulturen waren sich damals begegnet. Für die matriarchale Kultur endete diese

Begegnung traumatisch und führte sogar zum Verleugnen der eigenen Identität.

Es folgten gewalttätige Landnahmen der Hirtenvölker. Wenn die Weiden leergefressen waren, zogen die Rinder- und Pferdezüchter weiter. Das Pferd ist ein männliches Attribut, auch wenn es später in keltischer Zeit mit einer Göttin in Verbindung gebracht wurde. Doch die keltische Zeit war bereits patriarchal geprägt.

Der Vater bestimmt und regiert seither. Der „Vater" – nicht der „Mann". Eine alleinige Vaterfigur der monotheistischen Religionen, wie sie in den naturnahen, matriarchalen Gesellschaften undenkbar war. Der alleinige Gott-Vater. Es kann nur einen geben...

Es sind nicht „Männer", die „Frauen" beherrschen und zuletzt unterdrücken, es ist die Figur eines die Macht für sich allein beanspruchenden Vaters. Der Vater richtet und bestimmt über alle anderen Sippenmitglieder, über alle Tiere, über jeglichen Besitz. Er gebietet auch über seine Söhne und alle anderen Männer, die ihm unterstellt sind. Er gebietet über deren Leben und Besitz – dazu gehören nun auch Frauen. Die Macht des Vaters gründet auf Besitz. Für Besitz ist man bereit andere Menschen von ihrem angestammten Grund und Boden zu verjagen, sie sogar zu töten. Gewaltsame Eroberungen gehören zu patriarchalen Kulturen. Es geht dabei um den Besitz von Weideland, welches die Überlebensgrundlage eines ganzen Volkes, einer Gesellschaft darstellt. Dass dabei vielleicht die Lebensgrundlage eines anderen Volkes, einer anderen

Gesellschaft zerstört wird, ist dem Patriarchen ein notwendiges Übel. Schliesslich ist er nur für seine eigenen Leute und Herden verantwortlich – jeder ist sich selbst der Nächste und dies wird nicht in Frage gestellt. Nach solchen aggressiven Handlungen bedankten sich die Eroberer jeweils bei ihrem höchsten Gott, der ihnen zum Sieg verholfen hatte.

Generationen wechselten. Söhne traten an die Stelle des Vaters. Sie gründeten eigene Familien und Sippen, lösten sich aus dem väterlichen Verband, suchten sich eigene Gebiete, um sie zu beherrschen. Wachstum und Vermehrung wurden von da an nicht mehr in sich erneuernden Zyklen wahrgenommen, sondern in linear verlaufender Zeit, in der die Vergangenheit den Anspruch auf zukünftige Machtverhältnisse begründet. Natürliche Zyklen wurden mutwillig unterbrochen und eigenen Wünschen angepasst. Unsere Gegenwart mit ihrer Terminbesessenheit und ständigen Korrekturen der Zeitberechnung ist nur ein weiterer Erbe jener vaterbestimmten Nomadenkulturen.

Die Wandlung der Zeit und der gesellschaftlichen Lebensform hätte krasser nicht verlaufen können. Die patriarchale Gesellschaft verfolgte diametral andere Interessen, kannte keine Konsensbereitschaft, und förderte physische Aggressivität in ihrer brutalsten Form zur Durchsetzung ihrer Ziele. Die älteren, matriarchalen Kulturen hatten dem nichts entgegen zu setzen.

An einer Stelle des „Alten Testaments" kann man lesen, dass „die Frauen schwächer wurden". Handelte es sich hierbei um eine physische Reaktion auf die gesellschaftliche Umwälzung? Da diese Veränderung auf eine äusserst einschneidende Art geschehen war ist anzunehmen, dass die sesshafte Bevölkerung dadurch traumatisiert und handlungsunfähig gemacht worden war. Dies war nun endgültig „das Feuerschwert des Engels", der das Menschenpaar aus dem Paradies vertrieb, das „Menschenpaar" steht hier stellvertretend für ganze Völker und für den Zusammenbruch der matriarchalen Kulturen.

Sämtliche schriftlichen Quellen, all die Sagen und Legenden der Völker, die jene Aggressivität zum Ausdruck bringen, sind eine Erinnerung an die Geschehnisse, die sich während der Eroberungszüge der patriarchalen Völker zugetragen haben. Sämtliche Mythologien, die von einem allesbeherrschenden Gott-Vater erzählen, sind von diesen Kulturen geprägt worden. Dazu gehören sowohl die oft verherrlichte alt-sumerische, babylonische und alt-ägyptische Kultur, als auch die aggressiven Kulturen Südamerikas mit ihren grausigen Opferritualen. Die schriftlichen Überlieferungen erzählen von einem Weltbild, das zwar mehrere tausend Jahre alt sein mag, das deshalb aber nicht als allgemeingültig zu betrachten ist.

Man kann natürlich der Ansicht sein, dass ohne Umwälzungen keine Entwicklung stattfindet. Gewalttätige Umwälzungen verhindern aber Entwicklungen. Hier genügt ein Blick auf das heutige Geschehen in vielen Teilen der

Welt. Keine menschliche Gesellschaft bringt geniale Werke auf kulturellem oder technischem Gebiet hervor, wenn sie durch aggressive Gewaltanwendung bedroht ist. Gewalt verursacht unerträglichen Stress, Gewalt traumatisiert, Gewalt lähmt an Geist und Körper. Wie kann man ernsthaft denken, dass dies dem Fortschritt der Menschheit förderlich sei? Traumatisierte Menschen sind weder kreativ noch innovativ. Gewalt ist immer zerstörend und niemals förderlich. Gewalt erzeugt nur weitere Gewalt. Selbst Verteidigung und Notwehr sind gewalttätige Reaktionen auf initiierte Gewalt – ein Teufelskreis.

Obwohl seit jenen fernen Tagen viel Zeit verging, ist das genetische Material der matriarchalen Gesellschaften immer noch vorhanden. Die Diskrepanz zur patriarchalen Form bleibt demnach weiterhin bestehen. Es ist weitere Entwicklung notwendig, weitere Aufklärung und viel, viel Zeit. Es werden keine Roboter, keine Maschinen sein, die der Menschheit das Paradies wieder zurückgeben. Wie eingangs erwähnt, können Maschinen unser Leben komfortabler machen, doch auch sie brauchen dazu Nahrung, die sie in Form von Elektrizität verschlingen.

„Paradiesische" Zeiten können anbrechen, wenn wir uns die Achtung der matriarchalen Gesellschaften gegenüber der Erde und ihren zyklischen Naturgesetzen zu Eigen machen – und natürlich die Konsensbereitschaft aller Erdenbewohner untereinander.

Rumpelstilzchen

Es gibt unendlich viele Interpretationen des Märchens vom Rumpelstilzchen. Sie kommen von allen Seiten, stammen von Autoren aller Art. Geschrieben von Psychologen, sowohl beruflichen als auch selbsternannten, von Lebensberatern, Laufbahnfachleuten und Coaching-Experten, von Feministinnen, Esoterikern und Schamanen, von Kommentatoren auf Online-Plattformen und anderen mehr. Deshalb kann ich mich ich guten Gewissens dazugesellen und meinen eigenen Beitrag präsentieren.

Das Märchen vom Rumpelstilzchen ist biegsam und vielschichtig. Es ist möglich, alles in die Gestalten hinein zu deuten, was man für denkbar hält. Aus diesem Grund verlief meine Suche nach einer befriedigenden Deutung unbefriedigend. Dann musste eben die eigene her.

Auffallend war, dass in den meisten Interpretationen auf der armen Müllerstochter herumgehackt wurde. Egal, wer das Mädchen schreibend in die Finger bekam, der teilte ihm „Schuld" zu. Selbst den Autoren aus der spirituellen Ecke schien die Tochter des armen Müllers selbst schuld an ihrem Schicksal, da sie angeblich ihre mit der Natur verbundenen Heilkräfte – Gold aus Stroh spinnen – vergessen, verleugnet, in den Untergrund abgedrängt, ins Unterbewusstsein abgedrängt hatte, und sich aus freien Stücken einem patriarchalen Zeitgeist anpasste. Das mag etwas an sich haben. Es mag auch zu denken geben. Doch in der Geschichte wird die gute Müllerstochter ja nicht einmal gefragt. Sie hat keine Wahlmöglichkeit, nicht einmal die Möglichkeit nein zusagen, sich zu verweigern. „Vater, dein Wille geschehe" – wir kennen diesen Satz, doch auch der ist bereits Ausdruck eines freien Willens. Wenn man sagt, „dein Wille geschehe", dann stellt man sich aus freien Stücken einem übergeordneten Willen zur Verfügung – für welchen Zeitraum, das ist eine andere Geschichte. Doch die Müllerstochter hat nicht einmal diese Möglichkeit.

Der Vater – die Verkörperung des „Patriarchats" schlechthin – beschliesst einfach irgendeine hirnrissige Dummheit, und die Tochter darf es ausbaden. Sie wird nicht gefragt, es wird nicht diskutiert. Der Vater holt auch bei keiner Drittperson Rat ein – nein – er entscheidet, er packt seine Tochter und schleppt sie vor den König, dem er eine dreiste Lüge auftischt. Wir erfahren aus der Geschichte nicht, ob die Tochter tatsächlich eine besondere Gabe hatte, ob sie sich vielleicht unterwegs zum Königsschloss gegen den väterlichen Willen wehrte oder zumindest wehren wollte. Nein. Sie wird einfach vom Vater vor den König gebracht. Dann soll Töchterchen gefälligst eine Leistung erbringen, durch die man endlich reich wird und zu Ansehen kommt. So weit, so schlecht.

Moment mal, hiess es am Anfang des Märchens tatsächlich: „Es war einmal ein armer Müller...."? Ein armer Müller also. Es hätte dort auch „ein schwarzer Schimmel" stehen können oder „Facebook garantiert die Sicherheit Ihrer Daten" oder sonst etwas in der Art. Die Worte „arm" und „Müller" bildeten lange einen Gegensatz und das nicht nur zur Zeit der Gebrüder Grimm, sondern schon ganze Jahrhunderte davor. Müller waren reich. Das war die Regel.

Müller sackten im wahrsten Sinne des Wortes Geld ein, nämlich die Mahlgebühren. Es gab auch unterschiedliche Arten von Müllern. Es gab keine freie Berufswahl im heutigen Sinn, man wurde nicht einfach nur so zum Müller, weil man sich für ein bestimmtes Business-Konzept entschieden hatte. Ausser den „Erbmüllern", zu deren Familienbesitz die Mühle gehörte und die als Erbe von Vater zu Sohn ging, war man vielleicht ein Pachtmüller, da Mühlen oft auch jemandem gehörten, der noch reicher war. Das konnte zum Beispiel ein Grundherr sein oder eine Stadt oder die Kirche. Pachtmüller konnten auch nachgeborene Müllerssöhne sein, die sich ausser Haus verdingen mussten – sie beherrschten schliesslich das Handwerk. Mühlen standen auch immer ein wenig abseits von den Wohnsiedlungen, da sie zum Antrieb entweder Wasser- oder Windkraft benötigten. Viel Wasserkraft und viel Windkraft. Windmühlen brauchten dazu noch viel Platz und offenes Gelände. Wassermühlen mussten sich das Wasser eines Dorfbachs teilen und es nicht anderen Dorfbewohnern streitig machen, die dort Gebrauchswasser holten, Wäsche wuschen oder ihre Gänse und Enten schwimmen liessen. Da das Wasser Kraft entwickeln musste, um ein Mühlrad zu treiben, wurden auch schon Bachbetten ausgehoben, vertieft, Kanäle angelegt etc., um dem Wasser mehr Fluss zu verleihen. Ausserdem war es sowohl für die Müller als auch die Dorfbewohner lästig, wenn ständig geldwertes Hausgeflügel im Mühlrad zerquetscht, den Mahlbetrieb blockierte… Darum findet man Mühlen oft in dem viel besungenen „kühlen Grunde", das heisst am Bachlauf in einem Waldstück. Daneben gab es schwimmende Mühlen auf Flüssen, die aber kein Korn mahlten. Mühlen brauchten man als Sägewerke, es gab Walkmühlen, die Filz und Gewebe bearbeiteten, oder Papiermühlen, die das vielbenötigte Schreibmaterial herstellten, kurz und gut eine „Mühle" war eine technische Einrichtung, eine Maschine für viele unterschiedliche Arbeiten. Material musste gesägt, geschnitten, zerkleinert, gehämmert, gewalkt oder sonstwie bearbeitet werden. Man war auf entsprechende mechanische Einrichtungen angewiesen, diese wiederum auf eine Energiequelle. Solche Dinge scheinen wir, die Generation des technischen Zeitalters, gerne auszublenden. Wir bedienen Knöpfe und Schalter, berühren Schaltflächen oder klicken darauf.

Wer war also der „arme Müller" aus dem Märchen? Ein Mahl- oder Kornmüller? Dann hätte er nicht arm sein müssen – ausser durch Schicksalsschläge, höhere Gewalt, oder eigenes Verschulden – davon wird in Geschichte nichts erzählt. Im Allgemeinen wussten sich Müller zu helfen, um an genügend Einnahmen zu kommen, auch wenn dies vielfach im Graubereich des geltenden Rechts geschah. Die Gesetzesbücher und Strafregister aus früheren Zeiten sprechen da eine klare Sprache von der „Kreativität" der Kornmüller, wenn es darum ging ihr Einkommen zu optimieren.

Der „arme Müller" hätte auch ein verarmter Landadliger sein können, der aus Not nach und nach sein Land, seine Gebäude und vielleicht auch eine Mühle verkaufen musste. Die Verarmung, „Pauperisation", des Landadels ist seit dem späten Mittelalter durch Urkunden, Verträge und Rechnungsbüchern gut belegt.

Wir wissen also nicht, wer der „arme Müller" war und warum er arm war. Dazu hatte er nur eine Tochter. In der Geschichte ist keine Rede von einer Familie. Das Märchen schweigt hier, der Müller erscheint in kein soziales System eingebunden. Dies konnte in den früheren Zeiten, von denen das Märchen erzählt, gefährlich werden. Soziale Vernetzungen innerhalb der Gesellschaftsschichten bildeten Rückhalt und Sicherheit für den Einzelnen. Ohne diesen Rückhalt innerhalb der Stände, Familien oder Berufsgruppen konnten Menschen schnell an den Rand der Gesellschaft geraten.

Ausserdem stand Vätern alle Macht über ihre Kinder zu, vor allem über die Töchter. Ein Familienvater, der Schulden angehäuft hatte und sie nicht zurückzahlen konnte, durfte seine Töchter an Bordelle verkaufen, um die Schuldenlast auszulösen, andernfalls drohte das Schuldengefängnis. Ein Fall aus dem 15. Jahrhundert belegt diese Praxis. Die Gerichtsakten, die sich mit der Els von Eichstätt beschäftigen, sprechen hierzu eine deutliche Sprache. Liegt hier vielleicht der bodenständige Kern der Geschichte vom armen Müller und seiner Tochter? Der „arme Müller", dessen Tochter angeblich die Fähigkeit besitzt Gold aus Stroh zu spinnen, übergibt diese Quelle eines ständig sprudelnden Reichtums einfach so seinem König? Da stimmt doch etwas nicht. Warum lässt er die Tochter nicht das Gold in die eigene Familienkasse produzieren? Wenn die Tochter tatsächlich über eine solche Gabe verfügt, dann kann der „arme Müller" doch gar nicht so arm sein? Unverständlich.

War die Bezeichnung des „armen Müllers" schon in älteren Versionen des Märchens vorhanden und war sie vielleicht ironisch gemeint? Oder haben die Grimm-Brüder hier etwas durcheinander gebracht? Oder wussten sie haargenau, wovon die Rede war, weil es in ihrem Umfeld – historisch und kulturell – einfach klar war? So etwa, wie wenn ein postmodernes Märchen beginnen würde: „Es war einmal ein armer Banker..." Nun, der „ökonomische" Aspekt ist eine der vielen Schichten des Märchens und nicht von der Hand zu weisen. Nehmen wir also als Tatsache an: Vater Müller ist arm, er sucht nach Verbesserung seines sozio-ökonomischen Bereichs und sein Auge fällt dabei auf die einzigen Assets, die ihm noch zur Verfügung stehen, um sie zu investieren: Die Tochter.

Was auch immer die richtige Deutung sein mag – in der Geschichte packt der Vater das Mädchen und schleppt es zum König. Er will seine Tochter dem König zur Frau anbieten – ein klarer Fall von bösartiger Kuppelei, sogar von Menschenhandel, von Sklavenverkauf. Die beiden Männer werden handelseinig – der Status des Königs verbrämt hier die Geschichte mit schönem Schein. Die Tochter hat nichts zu sagen, hat keine Möglichkeit sich zu wehren, ausser einer: Sie könnte sich durch Selbsttötung sowohl dem Vater als auch dem König entziehen. Dies wäre der einzige Ausweg, die einzige Möglichkeit einer Weigerung. Es gibt keine Flucht, kein Versteck, keine hilfreichen Verbündeten. In dieser Geschichten gibt es nicht einmal helfende Tiere wie zum Beispiel in den Märchen vom Aschenputtel und Goldmarie-Pechmarie. Es gibt auch keine Hilfe aus der jenseitigen Welt, wie zum Beispiel eine Fee, ein Engel oder der Geist der verstorbenen Mutter. Diese Art Hilfe kommt in vielen anderen Märchen vor, jedoch nicht in der Geschichte vom Rumpelstilzchen. Hier gibt es schlichtweg nichts.

Doch die Müllerstochter will nicht sterben. Kann man ihr das verübeln? Die Figur der Müllerstochter ist tragisch. Sie hat keine Hilfe zu erwarten und keiner der anderen Mitspieler lässt ihr eine Wahl. Der Mitspieler sind drei, Vater, König, Erdgeist. Die magische Dreiheit – aber eine besonders hinterlistige. Die Müllerstocher gerät an keine weise Frau Holle, keine gute Fee, nicht einmal an eine böse Hexe. Um der Dreiheit willen muss auch der Erdgeist männlich sein. Das Patriarchat ist komplett: Der leibliche Vater, der König als Landesvater, und der Erdgeist als Magier, der nur durch List zur Vaterschaft gelangen kann.

Der Erdgeist ist der mächtigste von allen drei Machtausübenden in der Geschichte. Er bietet der Müllerstochter eine Lösung ihrer Situation an, zwingt sie jedoch dabei zu etwas, dass sie nicht annehmen kann. So wird dem armen Mädchen dreimal Gewalt angetan. Dreimal wird ihr keine Wahlmöglichkeit gelassen. Die einzige Wahl, die sie hat, wäre sich aus dem ganzen Stress zu verabschieden – soll heissen, zu sterben. Dass sie es nicht tut, beweist dass sie über Intelligenz, Überlebenswillen, Lernfähigkeit und Kraft verfügt – das ist doch schon mehr, als üblich. Es beweist auch, dass die

„Hilfe" von Innen kommt. Vielleicht ist das ja die Fähigkeit der Müllerstochter Gold aus Stroh zu spinnen. Das Gold als das ewige Symbol der Weisheit, die nicht angelernt, sondern nur aus dem Inneren entspringen kann. „Hilf dir selbst, so hilft dir Gott", sagte Benjamin Franklin, der starb als die Brüder Grimm vier und fünf Jahre alt waren, und als die alte Ordnung der Welt durch die Auswirkungen der Französischen Revolution in Schutt und Asche lag.

Das Rumpelstilzchen wird in einigen Interpretationen als der „arme" Erdgeist dargestellt, der aus freien Stücken der Müllerstochter Hilfe anbietet. Schon wieder jemand, der „arm" ist. Auch hier wieder: Ein patriarchaler Erdgeist, der manipuliert und einem ihm unterlegenen menschlichen Individuum seinen Willen aufzwingt. Zur Wiederholung: Das Patriarchat ist die Herrschaft der Väter. Es ist keine Macht der Männer im Allgemeinen, sondern die Macht der Väter, der Vorfahren. Nach deren Willen hat sich die gesamte junge Generation zu richten. Das bedeutet, dass auch die Söhne so lange unter der Knute ihrer Väter stehen, bis sie einen Status erreichen, der sie selbst zu Vätern macht. Erst dann können die Söhne den Vätern nachfolgen und ihre eigenen „Untergebenen" manipulieren. Gut, aber was hat das mit dem Erdgeist Rumpelstilzchen zu tun? Nun, vielleicht gibt es auch unter den Erdgeistern ein Patriarchat, wer weiss? Dieses Erdmännchen, das sich Rumpelstilzchen nennt, gibt sich als wohlmeinender Helfer aus, was er aber nicht ist, denn er stellt harte Bedingungen. Was nach einem gegenseitigen Abkommen aussieht, ist brutale Ausbeutung. Er drängt sich auf. Er weiss ganz genau, dass das Mädchen ihm ausgeliefert ist. Ganz nebenbei stiehlt er ihr auch noch den letzten persönlichen Besitz, den sie hat – eine Kette und einen Ring.

Für diese Gegenstände gibt es wiederum eine Fülle an Interpretationen, die jedoch nur vom Thema ablenken. Der Erdgeist will Edelsteine und Gold, daraus sind die Kette und der Ring gemacht. Ein typischer Erdgeist, würde man meinen. Einer der Zwerge, die tief unter der Erde hausen und Schätze bewachen – ein Verwandter des mittlerweile populären Gollum aus Tolkiens „Herrn der Ringe". Auch Gollum hütete einen materiellen Schatz, aber er wollte mehr. Er wollte die Seelen lebendiger Wesen, weil er seine eigene dem „Schatz" geopfert hatte. Das Rumpelstilzchen im Märchen gleicht Gollum aufs Haar. Auch das Rumpelstilzchen ist von seiner Strategie verblendet, so sehr, dass es in seiner Manipulation Fehler begeht. Möglicherweise kommt an dieser Stelle so etwas wie eine übergeordnete Vorsehung ins Spiel, ein Hauch göttlicher Hoffnung. Vielleicht. Das Rumpelstilzchen freut sich nun gewaltig auf den erwarteten Leckerbissen, das Kind der Müllerstochter, eine unschuldige Seele, das Lebendige schlechthin. Die Müllerstochter hat ihm ihren gesamten materiellen Besitz gegeben in Form der Kette und des Rings, nun soll sie ihm auch ihre eigene Schöpfung überlassen – ihr Kind.

In der Zwischenzeit ist die Müllerstochter aber zur Königin aufgestiegen und hat sich einen Handlungsspielraum erwirkt. Sie hat gelernt und sie ist selbstbewusst geworden. Sie hat sich verändert. Sie hat sich in einer neuen

Umgebung umgesehen, hat Wissen darüber gesammelt, hat sich weiterentwickelt und ist innerhalb ihrer Möglichkeiten gewachsen. Sie hat auch gelernt sich die Dienste anderer Menschen zunutze machen, dies in einem völlig normalen Rahmen eines „Arbeitsverhältnisses" zwischen ihr als Königin und Jenen, die am Königshof einen „Job" verrichten.

Diese Arbeitnehmer des königlichen Hofs sendet sie nun als „Boten in alle Himmelsrichtungen" aus. Die Boten sollen den Namen des Erdgeistes in Erfahrung bringen. Diese Boten. Auf sie wird in den vielen verschiedenen Interpretationen genauso wenig geachtet, wie auf den „armen" Müller. Manchmal sind es eben die Nebengestalten der Geschichte, die eine unerwartete Lösung bringen. Das Wort „Geschichte" bezieht sich hier absichtlich sowohl auf eine Erzählung als auch auf die Bezeichnung des Ablaufs historischer Begebenheiten. Die Sprache ist oft sehr feinfühlig, man ist sich gewahr, dass erzählte Geschichten auf Vergangenem basieren müssen, sei die Vergangenheit real oder erdacht. Geschichten sind wie Bäume, sie wurzeln in der Erde – in der Vergangenheit. Sie wachsen sichtbar und bilden den Stamm – in der Gegenwart. Sie öffnen sich und verzweigen ihre Baumkronen – zur Zukunft hin.

Doch zurück zur Königin und ihren Boten. Die Königin sandte viele Boten überall hin. Die Königin hat demgemäss Befehlsgewalt über viele Boten. Vielleicht sind das gar keine besoldeten Boten, die am Königshof arbeiten, sondern ganz besondere „Boten". Ausserdem hat der König davon keine Ahnung, so wie er während des ganzen Märchens von nichts eine Ahnung hat, was sich in seiner unmittelbaren Umgebung abspielt. Die Königin schickt also ihre Spezialeinheiten hinaus, aufgrund ihrer eigenen Autorität. Boten hiessen früher auf Griechisch „angeloi" – es sind die Engelsboten, von denen hier die Rede ist. Sie sind die einzigen Wesen, die einen „Erdgeist" aufspüren können. Vielleicht war die Müllerstochter als junges Mädchen tatsächlich von allen „guten Geistern" verlassen gewesen, doch in der Zwischenzeit hatte sie anscheinend gelernt, und war fähig Gelerntes anzuwenden. Ein Pluspunkt für die Müllerstochter-Königin. Ein beispielhaftes Muster von Intelligenz. Der König scheint nichts gelernt zu haben. Er hatte sich nicht einmal dafür interessiert, wie es seiner Frau erging, was sie bewegte, was sie belastete. Der König bleibt während der gesamten Erzählung ein selbstbezogener, selbstsüchtiger Materialist ohne jegliche Empathie. Er hat einen Handel abgeschlossen. Er hat investiert und will seinen Gewinn.

Nun transzendieren wir das Ganze ein bisschen: Bei der Figur des Müllerstochter handelt es sich um die Seele eines jeden Menschen, ob Frau, ob Mann. Auch Söhne müssen sich mitunter schmerzhaft von klammernden und manipulierenden Vätern losreissen, um selbständig leben zu können. In der Rolle solcher „Väter" können auch Lehrer, Vorgesetzte oder die viel beschworenen „Landesväter" stehen. Ob Mann, ob Frau, die Seelen lernen und tragen irgendwann Frucht. Auf diese Frucht hat nun mal kein Erdgeist Anspruch, auch wenn er sich einen solchen erzwingt. Das. Rumpelstilzchen im Märchen wird vor diese Tatsachen gestellt und in einer unbändigen Wut zerreisst es sich selbst entzwei. Die böse Absicht richtet sich selbst. Es ist immer wieder das Schlussmotiv der Märchen, dass das Böse sich entweder selbst verschlingt, sich zerreisst, oder in einem tiefen Abgrund verschwindet. Auf welche Art auch immer das Böse untergeht, es ist jedes Mal selbst an seinem Auslöschen schuld, ausser ein tapfere Ritter haut dem bösen Drachen den Kopf ab. Doch das ist nur eine andere Version derselben Geschichte, erzählt für andere Menschen, mit anderer Wahrnehmung... und das ist gut so.

Zum Schluss noch ein ganz anderer Gedanke: In allen Märchen erscheint immer wieder das Motiv der Erlösung. Jemand erlöst sich selbst, oder jemandem wird von aussen Hilfe gewährt, um erlöst zu werden. Was wäre nun, wenn die Figur der Müllerstochter auch so eine Erlöserin ist? Dies in doppelter Hinsicht, einmal für den Erdgeist Rumpelstilzchen, damit dessen fiese Spielchen endlich aufhören, ein weiteres Mal für alle anderen Beteiligten. Denn, von der Erlösung sind immer mehrere Parteien betroffen. Erstens, das erlöste Individuum, zweitens, die erlösende Kraft oder Person, und drittens auch die Welt, die von Machenschaften und Manipulationen erlöst wird. Seien wir deshalb alle froh um die Müllerstöchter dieser Welt und halten wir sie in Ehren.

... und ewig lockt die Provence...

„La Provaans, la Provaansse, du blühendes Laaand.....“

Es war zu Beginn der achtziger Jahre, als unerwartet Nana Mouskouri und nicht Mireille Matthieu die Provence mit sonorer Stimme besang.

Es war einer jener Sommersongs, mit denen deutsche Touristen an Urlaubsorte gelockt werden sollten – dieses Mal in die Provence. Aber vielleicht wollte man nur die Blechlawine, die jährlich in Richtung Spanien rollte, bereits im südlichen Frankreich ein wenig ausdünnen – wer weiss. Ich fand damals, dass ein Lied im Walzertakt nicht zur Provence passte, und schon gar nicht die im Fernsehen gezeigten Aufnahmen eines gerührt vor sich hin schunkelnden Publikums. Ehrlich gesagt, ich fand das Lied abscheulich, ich verachtete die damit verbundene Absicht den Tourismus anzukurbeln, und ich ärgerte mich über die kitschige Bezeichnung „Garten der Liebe". Schliesslich war dieser, ach so paradiesische Garten, jahrhundertelang von irgendwelchen Mächten, die sich zentralistisch oder wie auch immer nannten, ganz schön gebeutelt worden. Die Geschichte war mit jenem Landstrich in den vergangenen tausend Jahren nicht zimperlich umgegangen. Eroberer, Inquisitoren, Kardinäle, Könige, zentralfranzösische Steuerbeamte und ein Architekt des 19. Jahrhunderts – sie alle hatten in der Provence gewütet, Ruinen hinterlassen und zwangen zuletzt die Bewohner unter eine von Paris aus verordnete Regierung. Ruinöses in Form von Restaurierungen mittelalterlicher Bauten hinterliess in der zweiten Hälfte des 19. Jahrhunderts der Architekt und Denkmalpfleger mit Kultstatus, Eugène Viollet-le-Duc. Den Bauten des Südens pfropfte er willkürlich nordfranzösische Bauelemente auf. Seine Restaurierungen hatten auch einen politischen Aspekt: Paris und dessen zentrale Macht drängte sich wieder einmal dem Süden auf. Die Dächer von Carcassonne verkünden bis heute, von weitem sichtbar, den Anspruch des Nordens auf den Süden. Die hohen, runden und spitzen Schieferdächer gehören in den Norden Frankreichs. Dort, in der kälteren Gegend, verhindern diese Dachformen, dass sich Regenwasser und Schnee ansammeln, im Süden sind sie nutzlos, im Süden entsprechen flache Dachformen der Bautradition. Viollet-le-Ducs Restaurierungsmethoden waren damals schon umstritten. Er und seine Schüler wurden einige Male als „Vandalen-Restaurateure" bezeichnet. An den restaurierten Gebäuden war nach den erfolgten Erneuerungsarbeiten oft nicht mehr viel von den ursprünglichen Bauformen übriggeblieben. Gerechterweise muss man aber sagen, dass sich Viollet-le-Ducs falschverstandene Mittelalterromantik auch im Norden Frankreichs austobte, in der Herzgegend des Staates. Seine Restaurierungswut machte nicht einmal vor der Pariser Kathedrale Nortre Dame und vor der einstigen Grablege der französischen Könige in Saint Denis halt. An der berühmtesten Kirche Frankreichs, der Notre Dame von Paris, ist sogar jede weitere Erforschung der Baugeschichte dieses Bauwerks durch die Restaurierung gründlich zunichte gemacht worden.

Doch zurück in den Süden – in die sonnige Provence.

Wie kommt es, dass sich die meisten Menschen in der Provence so wohl fühlen? Es kann nicht nur am Wetter liegen. Immer wieder zieht die Provence fremde Menschen an. Es kommen Urlauber, Rentner, Erholungsbedürftige, Künstler jeglicher Couleur und Radfahrer – viele Radfahrer. Der Mont Ventoux, der ehemalige heilige Berg der Kelten fasziniert die Radfahrer dieser Welt.

Viele Besucher berichten, dass sie immer wieder in die Provence zurückkehren, auch wenn sie es nach einem ersten Besuch gar nicht vorhatten. Die Provence ist berühmt wegen ihrer Küche und ihrer Weine. Die Stadt Avignon rühmt sich aus tourismusfördernden Gründen als zeitweiliger Sitz von Päpsten, und natürlich auch wegen des Liedchens von der Brücke. Die Provenzalen sind stolz auf ihre eigene, uralte Sprache, die dem fremden nördlichen Französisch einen unverwechselbaren Akzent verleiht. Man bewahrt Volkstraditionen wie die provenzalische Weihnacht mit ihren Liedern und Bräuchen. Man verkauft für gutes Geld typische Erzeugnisse wie die traditionellen Stoffe und Keramikgeschirr in fröhlichen Farben. Touristen schwelgen in Olivenöl, kaufen auf dem Markt Ziegenkäse, Honig und Nougat, und essen sich durch Berge von Gerichten mit Knoblauch, Thymian, Tomaten und Auberginen. Erstaunlich – an jedem anderen Ort der Welt verbreitet Knoblauch eher unangenehme Gerüche –

nicht so in der Provence. Vielleicht liegt das am Mistral, der mit Windstärke zwölf alle störenden olfaktorischen Emissionen wegfegt, wer weiss…

… und zu guter Letzt: Nichts geht ohne Lavendel. Lavendel geht nicht ohne Provence und Provence geht nicht ohne Lavendel. Die sattvioletten Felder durchziehen die Landschaft und geben Malern herrlich farbige Themen vor. Überall duftet es nach Lavendel, es duftet nach Lindenblüten, nach Jasmin und allem, was da sonst noch reichlich in vielen Blumentöpfen wächst und blüht.

Auch ich fühle mit in der Provence sehr wohl. Das Schreiben scheint dort von selbst zu gehen, Ideen und Formulierungen fliegen mir nur so zu. Das Land ist erfüllt und durchtränkt von den vielen Gedanken all jener Dichter, Schriftsteller, Philosophen, Maler und Komponisten, die sich immer wieder ihre Inspiration in der Provence holten und dies heute noch tun. Diese Künstler schufen ihre Werke unter der warmen Sonne, in einer angenehmen Landschaft, umgeben von freundlichen Menschen. Jahrhundertelang zog es Künstler in die Provence. Sie liessen sich vom Duft der Blumen verzaubern und vielleicht auch von der reinigenden Kraft des Mistrals. Sie genossen die ehrlichen Produkte des Landes und liessen ihrer Fantasie freien Lauf.

Trotz einer schwierigen und vielfach gewaltsamen Vergangenheit, beflügelt die Provence Kreativität und Fantasie. Man begreift, dass hier vor langer Zeit einmal die Wiege der westeuropäischen künstlerischen Dichtung stand, und dass der künstlerische Ausdruck in Wort, Bild, Gedanke und Klang dort tief verwurzelt ist. Dort, wo Menschen über Jahrhunderte ihrer Kreativität freien Lauf liessen, festigte sich ein fast greifbares Gefühl für das schöpferische Schaffen. Dabei ist es gleichgültig, ob all jene Künstler, die es zum Arbeiten in die Provence zog, auch Erfolge hatten oder nicht. Was heisst hier schon Erfolg? Auch Vincent van Gogh zog es in die Provence – und van Gogh galt sein Leben lang, und trotz seiner enormen Anzahl an Werken, nicht gerade als erfolgreich. Man betrachtete ihn vielmehr als Versager...

Alle jene Dichter, Schriftsteller und bildenden Künstler, die in der Provence an ihren Werken arbeiteten, haben ätherische Fussabdrücke hinterlassen. Ihre Gefühle, Gedanken und Arbeiten formten sich im Laufe der Zeit zu einer dichten Atmosphäre, aus der die Neuankömmlinge ihre Inspiration bezogen und immer wieder beziehen. Manchmal braucht man nur wenige Augenblicke innezuhalten, sich nur ein bisschen zu konzentrieren, die eigenen Antennen der Fantasie auszufahren – und schon fliessen Gedanken, Ideen, Eingebungen. Das mag vielleicht überspannt klingen, doch in der Provence hat es seine Gültigkeit. Man zieht den künstlerischen Ausdruck der vorangegangenen Generationen einfach mit jedem Atemzug in sich hinein. Die Provence inspiriert. Die Provence ist alles andere als Nizza, Cannes oder St. Tropez. Es lebe die Provence!

Teestunde bei Miss Maple

Ein Fall zu Ostern für Shirley Homes

„Menschliche Handlungen offenbaren zuweilen Widersprüchliches, meine liebe Miss Maple," sagte Shirley Homes und rührte mit einem zierlichen Silberlöffel gedankenverloren in ihrem Tee.

„In der Tat, Miss Homes, in der Tat", pflichtete Miss Maple bei. „Geht Ihnen dabei etwas Bestimmtes durch denn Sinn?"

„Ja, durchaus, meine Liebe. Eine wirklich absonderliche Begebenheit. Kennen Sie Lia Lailaa?"

„Die Flötistin?"

„Ja, genau die."

„Oh."

Miss Maple rührte nun ebenfalls den Inhalt ihrer Teetasse um. Dann legte sie den Löffel akkurat auf den Unterteller.

„Was ist mit der Flötistin, Miss Homes?" fragte sie.

„Nun – sie wurde gestern Nacht beobachtet."

„Oh!"

„Ja."

„Was für ein fremdartiger Name. Ist er finnisch?"

„Der Name der Dame? Ja, er ist finnisch. – Man könnte daher behaupten, dass es bei ihrer nächtlichen Tätigkeit auch um einen solchen ging – also um einen „Finish" ..."

„Finish." Hört, hört!" bemerkte Miss Maple. Nach einer kurzen Weile fuhr sie fort: „Ich verstehe allerdings nicht wovon Sie sprechen."

„Nun, man hat mir zugetragen, meine liebe Miss Maple, dass Lia Lailaa gestern Nacht ihr Auto wusch."

Miss Maple lächelte verschmitzt und stellte die zarte Wedgwood-Tasse behutsam auf das Teetischchen.

„Oh, meine liebe Miss Homes! Jetzt verstehe ich. Sie sprühen ja heute geradezu vor Witz! „Finish"! Wie geistreich!" sagte sie lachend. Doch auf einmal blickte sie nachdenklich.

„Aber, liebe Miss Homes – weshalb um Himmelswillen wäscht die Flötistin Lia Lailaa ihr Auto mitten in der Nacht? Ist das nicht seltsam?"

„Sehen Sie, Miss Maple, genau diese Frage habe ich mir auch gestellt, " stellte Shirley Homes fest. „Nun, was folgern Sie daraus?"

„Man könnte meinen, dass ihr Dunkelheit bei solchem Tun willkommen war", rätselte Miss Maple, „wie käme man sonst darauf, sein Auto nachts zu waschen, nicht wahr?"

„Vortrefflich kombiniert", liebe Miss Maple!" lobte Shirley Homes und Miss Maples Gesicht überzog eine leichte Röte der Verlegenheit.

„Nun", fuhr Shirley Homes fort, „versuchen wir doch einmal zu erfassen, warum man üblicherweise auf die Idee kommt ein Auto zu waschen."

„Weil es schmutzig ist."

„Hervorragend, Miss Maple!"

„Aber – steht denn das Auto sonst nicht in der Garage? Dann hätte man Lia Lailaa nicht bei der Autowäsche beobachten können.

„Miss Maple! Aber, aber!"

Shirley Homes schüttelte leicht den Kopf, ein wenig enttäuscht darüber, dass die Gedanken ihrer langjährigen Freundin nicht Shirleys eigenen, scharf logischen Schlussfolgerungen entsprachen.

„Oh, …Ich bitte um Verzeihung, verehrte Miss Homes", Miss Maple berührte plötzlich mit einer Hand ihre Stirn, als hätte ein klarer Blitz ihre Überlegungen erhellt. „Ja! Aber gewiss – so muss es sein! Das Auto war viel zu schmutzig, um es in die Garage zu stellen."

„Sie machen Fortschritte, meine Liebe", bemerkte Shirley Homes. „Dürfte ich noch um ein Tässchen ihres vorzüglichen Darjeelings bitten? Äusserst schmackhaft, dieser Tee. Mein Kompliment an Sie und an ihren Teehändler."

Miss Maple beeilte sich Shirley Homes nachzuschenken und lobte dabei die Qualitäten sowohl des Teehändlers, als auch die gesundheitsfördernden Eigenschaften des erwähntes Tees.

„Was sagt uns nun die Tatsache, dass Lia Lailaas Auto sehr schmutzig war, beste Miss Maple?"

„Es sagt uns, dass sie es vorher benutzt haben musste. Sie musste damit unterwegs gewesen sein."

„In der Tat, denn es war Ostern."

„Ostern… ja, das ist wahr. Aber sagen Sie, verehrte Miss Homes, es geht mir so durch den Kopf, Lia Lailaa ist doch liiert? Ich kann mich im Moment nur nicht erinnern..."

„Oh ja, sie hat eine enge Liaison mit Don Tamburin."

„Ah, jetzt erinnere ich mich. Ist das nicht dieser spanische Schlagzeuger?"

„Nein, kein Schlagzeuger. Er sagt das mache zu viel Tamtam. Er streicht lieber die Gambe."

„So, so, die Gambe... Also doch ein Spanier. Aber was hat das mit dem schmutzigen Auto zu tun?"

„Nichts", sagte Shirley Homes.

„Oh", sagte Miss Maple.

Die beiden älteren Damen verstummten. Sie nippten artig am Tee von den Hängen des Himalaya und knabberten kleine Gurkensandwiches, die sie wiederum mit Schlucken des heissen Getränks herunter spülten. Im Hintergrund war das leise Ticken der alten Kaminuhr zu vernehmen, und durch die gestärkten Spitzenvorhänge an den Fenstern von Miss Maples gemütlichen Cottages schienen die letzten Sonnenstrahlen jenes Nachmittags.

„Spielen Sie immer noch Ihre Violine, Miss Homes?" fragte Miss Maple nach einer Weile.

„Ich sollte wieder üben, ja...", sinnierte Shirley Homes, „die Musik hat mir schon oft schöne Augenblicke beschert und meine Sinne geschärft, so dass ich in der Lage war genauestens den Tatverhalt zu kombinieren."

„Es muss schön sein, wenn man ein Instrument spielen kann", seufzte Miss Maple verträumt, „ich spiele lediglich Bridge..... im Damenclub....."

„Oh."

„Nun, Miss Homes, was denken Sie? Warum wäscht eine finnische Flötistin ihr Auto in der Nacht. Denken Sie, dass dies in Finnland so üblich ist? Oder, dass die Uhrzeit überhaupt keine Rolle spielte, da es in Finnland sowieso ein halbes Jahr lang wegen der Polarnacht dunkel ist?

„Meine liebe Miss Maple, ich gestehe, dass mich der Fall zu interessieren beginnt", sagte Shirley Homes und stellte ihre Tasse aufs Teetablett. „Nehmen wir einmal an, dass Lia

Lailaa ihr Auto nicht nur so aus Spass wäscht.... Ja, die Uhrzeit ist in der Tat bei der Lösung ausschlaggebend. Nichtsdestotrotz, es fehlen noch Einzelheiten – überaus wichtige Einzelheiten. Wir wissen zum Beispiel nicht, wo sich Lia Lailaa und Don Tamburin zuvor aufhielten. Dies mag ebenfalls von entscheidender Bedeutung sein. Ich denke, meine liebe Miss Maple, ich werde nun nach Hause gehen, meine Violine hervorholen und ein wenig Brahms spielen. Brahms eignet sich vortrefflich, um den Gedanken ordnende Strukturen zu verleihen. – Ich danke Ihnen für Ihre wieder einmal ausserordentliche Bewirtung."

Als Shirley Homes die Tür des Cottage hinter sich geschlossen hatte, begann Miss Maple das Teeservice abzuräumen. Dabei überlegte sie, dass ihre Freundin vermutlich schon am nächsten Tag bei ihr anklopfen mochte, um mit einem strahlenden Lächeln zu verkünden:

„Aber es ist doch sonnenklar, meine liebe Miss Maple!"

Doch bevor es soweit war, würde sich Miss Maple noch das Vergnügen machen, allein zur Lösung des Falls zu gelangen. Sie würde sich in den Schaukelstuhl ans abendliche Kaminfeuer setzen, ein Gläschen trockenen Sherrys geniessen und nachdenken. Schliesslich hatte sie Shirley Homes schon mehrere Male dabei geholfen, einige recht knifflige Fälle zu lösen.

So sass denn ein wenig später Miss Maple vor dem knisternden Kaminfeuer in ihrem Wohnzimmer, nippte am Kristallglas mit der rubinroten, im Feuerschein golden glänzenden Flüssigkeit, und lobte insgeheim nicht nur ihren Teelieferanten sondern auch den Weinhändler. Der Anblick des südspanischen Weins brachte sie auf eine Idee. Die Flötistin Lia Lailaa hatte ihr Auto gewaschen, dazu brauchte sie Wasser. Wasser, das Schmutz, Flecken oder was auch immer von der hochglanzpolierten Oberfläche ihres schnittigen Wagens wegspülte. Vielleicht hatte sie das Auto am folgenden Morgen gebraucht, vielleicht wollte sie zusammen mit Don Tamburin wegfahren – oder aber sie war von irgendwoher zurückgekehrt und das Auto war während der Fahrt so sehr verschmutzt worden, dass es nicht in diesem Zustand in eine saubere Garage gefahren werden konnte.

Vermutlich lag der Fall ziemlich prosaisch, dachte Miss Maple. Wahrscheinlich wollte sich Shirley Homes' Informant nur ein bisschen wichtig machen. Oder diese Person könnte Shirley die Information auch aus dem Grund zugetragen haben, um sich über Miss Homes lustig zu machen. Derartiges war den Spassvögeln aus der Nachbarschaft durchaus zuzutrauen.

Shirley Homes hatte erwähnt, dass sich der Vorfall an Ostern zugetragen hatte. War möglicherweise Lia Lailaas Wagen mit Eiern beworfen worden? Oder hatte die Flötistin etwa eine Packung roher Eier aufs Autodach gelegt, um die Hände freizuhaben – schliesslich hat man viel einzukaufen vor den Feiertagen – und hatte die Eier danach dort vergessen? Wenn ja, dann hätten sich allenfalls nachtaktive Tiere wie Marder oder Katzen über die unverhofften Leckerbissen hergemacht und dabei das Auto verschmutzt. Das wäre durchaus ein Grund für eine nächtliche Autowäsche gewesen. Das hätte aber geheissen, dass Lia Lailaa nachts noch einen Grund gehabt haben musste, um aus dem Haus zu gehen. Dann hätte sie die Verwüstung gesehen und entsprechend gehandelt. Nun gut – das war eine Möglichkeit – wenn auch eine unscheinbare, alltägliche und gewissermassen banale.

Es hätte aber auch ein rüpelhafter Zeitgenosse Lias Auto mit Schmierereien irgendwelcher Art verunstaltet haben können. Oder Kinder hätten sich einen Jux daraus gemacht, die Türklinken des Fahrzeugs mit Senf zu bestreichen. Im Übermut sind Menschen fähig die verrücktesten Ideen auszuhecken. Doch, egal welcher Umstand Lia Lailaa zur nächtlichen Wäsche gezwungen hatte, ein Faktum liess sich nicht von der Hand weisen: Sie war nachts aus dem Haus gegangen. Die Frage stellte sich zwingend: Warum?

Tatsache war, dass sie nach erfolgter Autowäsche nicht weggefahren war. Sie war wieder ins Haus hineingegangen. Aus Shirley Homes' Aussage konnte man nicht ableiten, ob Lia Lailaa das Auto in die Garage gestellt hatte, oder nicht. Hatte sie das Auto in die Garage gefahren, so hiess das nicht viel, denn hat man eine Garage und ein Auto, so lässt man das Fahrzeug kaum des Nachts draussen stehen. Ausser man hat einen besonderen Grund. Auf alle Fälle liess dies darauf schliessen, dass sie keinen Grund zur Wiederholung der Wäsche erwartete.

Weshalb lässt aber jemand sein Auto im Freien stehen, wenn eine Garage zur Verfügung steht? Auch hier dachte Miss Maple an eher nüchterne Motive: Vielleicht war der Garagenplatz belegt. Wenn ja – womit denn? Stand ein anderer Wagen da, oder wurde die Garage etwa vorübergehend als Lagerraum genutzt?

Und überhaupt: Wo verbrachte das Musikerpaar die Osterfeiertage? Wann waren sie weggefahren und wann kehrten sie wieder zurück?

Es gab so viele ungelöste Fragen, und die möglichen Antworten darauf schienen Miss Maple viel zu alltäglich und nichtssagend zu sein. Hatte allerdings nicht einmal Shirley Homes zu ihr gesagt, als sie mit dem Hickory-Mordfall beschäftigt waren: "Nichts ist trügerischer als eine offenkundige Tatsache, meine liebe Miss Maple."

Shirley hatte damals Miss Maple nahegelegt, sich immer auf die Einzelheiten zu konzentrieren und niemals einem allgemeinen Eindruck zu trauen.

„Wenn man alle logischen Lösungen eines Problems eliminiert, so ist die unlogische – obwohl unmöglich – unweigerlich richtig."

Mit diesem Satz hatte Shirley Homes damals ihre Betrachtungen abgeschlossen. Es musste deshalb einen gewichtigen Grund haben, dass sie gerade jetzt Miss Maple von den Vorkommnissen im Hause der Flötistin erzählt hatte, und dass sie sich für den Fall interessierte. Shirley

Homes interessierte sich ausschliesslich für bedeutende Fälle. Dafür war sie bekannt.

Miss Maple beschloss daher, sich noch ein Gläschen von dem wunderbaren Sherry einzuschenken und sich lieber mit Plänen für den morgigen Tag zu befassen. Sie würde sich eine Strategie zulegen. Eine gutdurchdachte Strategie war immer äusserst hilfreich, und Miss Maple hatte so ihre eigenen, erfahrungsgemäss gut funktionierenden Strategien. Die einfachste dieser Taktiken bestand darin, am folgenden Morgen den Krämerladen von Melody Jones aufzusuchen, um dort einige Lebensmittel einzukaufen. Miss Maple wollte doch noch ihren berühmten Blaubeerkuchen backen, wenn ihre Cousine am Wochenende zu Besuch kam. Melody war eine Seele von Mensch und immer gut im Bild darüber, was sich im Ort so alles zutrug. Danach würde Miss Maple Mr. Simmons, den pensionierten Gärtner anrufen. Mr. Simmons kümmerte sich mit seinem Motormäher um den Rasen vor Miss Maples Cottage. Mr. Simmons versah auch Gartenarbeiten für andere Hausbesitzer des Ortes und – was viel wichtiger war – Mr. Simmons kümmerte sich um den Garten von Lia Lailaa.... Miss Maple würde Mr. Simmons selbstverständlich auf eine Tasse Tee ins Haus bitten, da liess es sich viel gemütlicher über die anfallenden Arbeiten sprechen, zum Beispiel über den Heckenschnitt und die Pflege der Rosenstöcke...

Dermassen mit greifbaren Vorhaben ausgerüstet und mit Zuversicht erfüllt auf die baldige Lösung des Falles, stand Miss Maple von ihrem Schaukelstuhl auf, stellte den Kaminschirm aus blankpoliertem Messing vor die erlöschende Glut, spülte ihr Sherryglas in der Küche und ging danach zufrieden schlafen. Morgen – davon war sie bis ins Innerste überzeugt – würde sich auch Shirley Homes gewiss zeitig bei ihr melden.... Wie schön, dass es auf dieser Welt noch bleibende Werte gab.

Am folgenden Tag machte sich Miss Maple daran ihre Besorgungen zu erledigen und dabei insgeheim ihren Plan auszuführen.

Das Resultat war zuerst nicht sehr ergiebig gewesen, denn Melody Jones, die Besitzerin des Dorfladens, hatte ständig geseufzt, dass die Geschäfte früher besser gegangen wären, dass jetzt alle Leute in der Nachbarstadt einkauften, und dass ihr nur noch die Alten als Kundschaft blieben, wie zum Beispiel Mrs. Higgins, die seit Kurzem am Stock gehen musste, und wenn dann Mrs. Higgins einmal ihre Besorgungen nicht mehr alleine erledigen konnte, dann würde sich zwar sicher ihr Sohn Michael um sie kümmern, aber der arbeitete doch als Polizeibeamter in der Stadt und da hätte er gewiss keine Zeit, um die Einkäufe für seine Mutter hier im Dorfladen zu machen. Und überhaupt, Mrs. Higgins hatte erzählt, dass Michael so müde ausgesehen hatte, als er sie gestern besuchte, und dass er nur sagte, dass dies an seiner Arbeit läge, da sein Vorgesetzter, Sir Percival Willoughby, ein sehr strenger Vorgesetzter war und von seinen Leuten unbedingten Einsatz verlangte. Deshalb war Michael so müde gewesen, er hatte ja kaum geschlafen! – Vielleicht war er im Einsatz gewesen! Ja, die Verbrecher, die würden Sir Percival fürchten, aber seine Mitarbeiter mitunter auch....

Miss Maple hatte immer wieder interessiert genickt, was Melodys Redeschwall zwar verlängerte, doch Miss Maple war nach langen Jahren des Einkaufens bei Melody Jones gut geübt, um aus der langschweifenden Erzählung das Wichtigste herauszuhören. Aha, die Polizei war also im Sondereinsatz! Das konnte Michael seiner Mutter natürlich nicht erzählen, sonst hätte es am selben Tag noch Melody erfahren und am Abend bereits der ganze Ort. Jetzt musste nur noch herausgefunden werden, worum es bei diesem Polizeieinsatz ging.

Miss Maple kaufte ein Pfund Mehl, Vanillezucker und ein Päckchen Haselnüsse – die würden ihren Kuchen locker machen und ihm einen delikaten Geschmack verleihen, der hervorragend zu Blaubeeren passte. Danach verabschiedete sie sich herzlich von Melody und ging nach Hause. Sie machte dabei einen Umweg, der sie am Haus von Mr. Simmons vorbeiführte. Der pensionierte Gärtner war gerade dabei das Kletterrosenspalier an der Hausmauer aufzubinden. Nach einem kurzen Gespräch über den Gartenzaun war man sich einig. Mr. Simmons würde natürlich gerne noch am gleichen Tag bei Miss Maple vorbeischauen – und – nein, sie müsse sich doch keine Umstände machen – aber, nun gut, wenn sie unbedingt darauf bestand, dann würde er selbstverständlich gerne zum Tee bleiben, es wartete ja niemand auf ihn, er könne über seine Zeit frei verfügen. Miss Maple schmunzelte, denn sie wusste, dass Mr. Simmons ihren Rosinenstollen, den sie zum Tee servieren würde, überaus liebte, und dass er den wunderbar zarten, fein knusprigen Haferplätzchen noch weniger widerstehen konnte.

So sass denn Mr. Simmons nach einer vorangegangenen Besprechung über den Schnitt von Miss Maples Rosenstöcken und anderen gärtnerischen Erledigungen im Wohnzimmer des gemütlichen Cottages und knabberte genüsslich das erste Plätzchen. Für Mr. Simmons hatte Miss Maple einen kräftigen Assam-Tee ausgewählt – ein Mann brauchte schliesslich etwas Anregendes wenn es um Getränke ging – auch beim Tee. Geschickt lenkte sie dann das Gespräch in die von ihr gewollte Richtung. Es brauchte gar nicht viel, denn Mr. Simmons erzählte bereitwillig.

„Stellen Sie sich nur vor, liebe Miss Maple, was den berühmten Leuten so alles geschieht. Da kann unsereiner nicht mithalten."

„Berühmte Leute? Meinen Sie jemanden bestimmten, Mr. Simmons?"

„Ja, ja! Ich meine diese Flötistin. Sie wissen schon, die finnische Flötistin, deren Rasen ich pflege. Ich muss sagen, es stehen einige wunderbare Fliederbüsche in ihrem Garten – es ist eine wahre Freude – und erst die grosse Glyzinie! Wie prächtig die blüht! Die ganze vordere Fassade ist ein wahrer Wasserfall an blauen Blüten…."

„Ja, Mr. Simmons – was ist nun mit der Dame?"

„Ach ja, entschuldigen Sie, Miss Maple – aber ich gerate jedes Mal ins Schwärmen, wenn ich diese Glyzinie sehe….

Nun, also, stellen Sie sich vor, dass die Flötistin neulich nachts nach Hause kam und ihr Auto wusch! So etwas…! Mitten in der Nacht!"

„Ihr Auto wusch? Erstaunlich!! Was Sie nicht sagen, Mr. Simmons? – Macht die Dame das öfter?"

„Aber nein, aber nein, – das ist ja gerade das Aussergewöhnliche daran!"

„Aber warum tat sie es dann?"

Miss Maple beeilte sich Mr. Simmons noch ein Stück des Rosinenstollens anzubieten und Tee nachzuschenken.

„Liebe Miss Maple, das Auto war sehr schmutzig!" konstatierte Mr. Simmons und biss genussvoll in den Rosinenstollen.

„Haben Sie es gesehen, Mr. Simmons?"

„Aber nein, Miss Maple, wo denken Sie hin. Ich gehe ja nicht nachts spazieren. Doch als ich am nächsten Tag wegen des Rasens vorbeiging, so entschuldigte sich die Flötistin bei mir, dass bei ihrer nächtlichen Autowäsche das Garagentor und der Gartenzaun einiges abgekriegt hätte, und ob ich ihr vielleicht behilflich sein könnte die Spritzer wegzuputzen, denn sie hätte keine Zeit, sie müsse schon wieder wegfahren."

„Ach so", sagte Miss Maple.

„Ja", sagte Mr. Simmons, „…und als ich dann mit der Reinigung beschäftigt war, da sah ich weiter unten auf der Strasse zwei fremde Männer. Sie standen ziemlich weit weg, so konnte ich nicht hören, was sie sprachen. Sie blickten immer wieder zum Haus der Flötistin, und dann redeten sie wieder miteinander. Manchmal gestikulierten sie…!"

„Sie gestikulierten, Mr. Simmons…?"

„Ja. Sie zeigten immer wieder in Richtung des Hauses – und dann waren sie auf einmal weg."

„Aha."

Miss Maple bemühte sich nicht allzu enttäuscht auszusehen. Sie bot Mr. Simmons noch eine Tasse Tee an – und noch ein Plätzchen.

„…und dann, Miss Maple," fuhr Mr. Simmons nach einem Schluck Tee fort, „dann ging ich hinter das Haus um frisches Wasser zu holen. Und dann – stellen Sie sich vor – als ich zurückkam, sah ich die Männer wieder! Aber nun waren sie nicht mehr ein Stück weiter unten, sondern ein Stück weiter oben. Sie mussten am Haus vorbeigegangen sein, als ich das Wasser holte."

Miss Maples Interesse erwachte wieder.

„Sie meinen, diese Männer hätten…."

„Aber natürlich, liebe Miss Maple," sprang ihr Mr. Simmons ins Wort, „aber natürlich!"

....und mit einem geheimnisvollen Blick und mit gedämpfter Stimme setzte er hinzu:

„Die haben das Haus .... beobachtet!"

Mr. Simmons nickte noch einmal zur Bestätigung mit dem Kopf und nahm sich noch ein Haferplätzchen.

„...und dann, Mr. Simmons? Was geschah dann? Was taten die Männer? ....Also, wenn man sich das vorstellt – fremde Leute, die ein Haus .... beschatten ...!"

„Sie haben völlig Recht, Miss Maple. Es wurde mir auch recht ungemütlich. Doch plötzlich waren sie wieder verschwunden, kaum hatte ich mich umgedreht."

Miss Maple war wieder nahe daran enttäuscht zu sein, doch als Mr. Simmons weitersprach, horchte sie auf:

„Der Zufall wollte es, dass die Flötistin kurz darauf zurückkehrte und sich sehr für das gereinigte Garagentor und den Zaun bedankte. Ich erzählte ihr natürlich sofort von den beiden fremden Männern, und das machte sie ein wenig nachdenklich. Wissen Sie, Miss Maple, die Flötistin meinte, dass die Männer Fotografen wären, und zwar solche, die so fremdartig heissen – ich kann das gar nicht aussprechen, so wie die heissen."

„Fremdartige Fotografen? Hm.... Ah, jetzt hab ich's! Sie meinen Paparazzi, nicht wahr, Mr. Simmons? Diese schrecklich aufdringlichen Männer, welche berühmte Leute und sogar unsere königliche Familie verfolgen?"

„Ja! Ja, genau die! Genau diese „Fratzi – papa" – oder was auch immer! Warum muss auch heute alles nach diesem fremdländischen Zeug heissen? Wie soll ein ehrlicher Brite das aussprechen können, nicht wahr, Miss Maple?"

„Gewiss, gewiss, Mr. Simmons", beeilte sich Miss Maple zuzustimmen. „Sie denken also auch, dass die Männer Fotografen gewesen sein könnten... ich meine, Paparazzi?"

„Aber nein doch, Miss Maple! Die hatten doch gar keine Fotoapparate dabei!"

„Das ist in der Tat sehr verwunderlich". schloss Miss Maple.

Sie plauderte danach noch ein wenig weiter mit Mr. Simmons, der ihr Teegebäck überaus lobte, und erfuhr dabei, dass Lia Lailaa ihr Auto in eine Garagenwerkstatt gebracht hatte, um eine Kleinigkeit reparieren zu lassen und dass der Werkstattinhaber es gleich noch einmal gewaschen und poliert hätte. Das wäre ein überaus tüchtiger Mann, meinte Mr. Simmons, der sehr viel von Maschinen und Motoren verstand und sich auch geflissentlich der Rasenmäher von Mr. Simmons annehmen würde.

Etwas später, als sich Mr. Simmons nach vielen Dankesbezeugungen für den wunderbaren Tee und die köstliche Bewirtung verabschiedet hatte, setzte sich Miss Maple in ihren bequemen Schaukelstuhl vor den Kamin, um nachzudenken. Was hatte sie erfahren? Welche Tatsachen waren greifbar genug, um einen Tatverlauf daraus zu konstruieren? Miss Maple bedauerte, dass ihre

Freundin Shirley Homes noch nicht bei ihr angerufen hatte, sie hätte ihr so gerne von Mr. Simmons Beobachtungen erzählt. Es war schon ziemlich eigenartig, dass zwei unbekannte Männer Lia Lailaas Haus ins Visier nahmen. Dass es sich dabei nicht um Paparazzi gehandelt haben konnte, war klar – sie hatten keine Kameras bei sich!

Irgendetwas musste aber vorgefallen sein, dessen war sich Miss Maple sicher. So etwas spürte sie. Das sagte ihr ihre jahrelange Erfahrung. Sie würde sich auf alle Fälle mit Shirley besprechen müssen. Da ging etwas vor sich im Ort und auch in der Nachbarstadt, andernfalls wäre Michael Higgins seiner Mutter gegenüber gesprächiger gewesen. Michael war ein guter Junge, und er schaute gut zu seiner alleine lebenden Mutter. Wenn er ihr nichts erzählt hatte, so konnte das nur bedeuten, dass er zum Schweigen verpflichtet war. Das könnte zu den beiden falschen Fotografen und der Geschichte mit dem Auto der Flötistin passen. Wie sich das alles aber in einen grösseren Rahmen fügte – das war für Miss Maple noch überhaupt nicht klar. Schade, dass sie selbst kein Auto hatte. Hätte sie eines gehabt, so würde sie sich morgen gleich zur Werkstatt von Christopher Worth aufmachen und mit ihm ein wenig plaudern. Christopher würde ihr zweifellos sagen können, was es mit dem Schmutz auf Lias Auto auf sich hatte.

Der folgende Tag verging, ohne dass Miss Maple bei ihren Nachforschungen einen Schritt weiter gekommen war. Sie wollte sich die ganze Geschichte schon aus dem Kopf schlagen, schliesslich war es Donnerstagabend und sie hatte sich vorgenommen noch Einiges im Haus vorzubereiten, bevor ihre Cousine Meredith Rutherford zu Besuch kam, um das Wochenende bei ihr zu verbringen. Die beiden Cousinen hatten sich lange nicht mehr gesehen, und sie wollten ausgiebig über die alten Zeiten plaudern.

Das Wochenende kam und verging ruhig mit dem Besuch der Cousine. Miss Maple und Meredith Rutherford führten lange Gespräche vor dem Kaminfeuer, gingen spazieren, besuchten einige gemeinsame Bekannte, verspeisten den ausgezeichneten Blaubeerkuchen und genossen am Sonntag ein ausgiebiges Gabelfrühstück. Danach wurde Meredith von ihrem Sohn mit dem Auto abgeholt und nach Hause gefahren. Miss Maple blieb allein. Sie seufzte. Während des angenehmen Besuchs hatte sie keinen Augenblick an den ungelösten Fall gedacht. Jetzt beschäftigte er sie wieder.

Am Montagmorgen läutete endlich Miss Maples Telefon. Es war Shirley Homes. Sie klang aufgeregt. Sie hätte vieles zu berichten, sagte sie und meinte, dass Miss Maple gewiss erpicht sein würde, einige Einzelheiten über den undurchschaubaren Fall zu erfahren, über den sie neulich gesprochen hatten. Miss Maple antwortete, dass sie entzückt wäre, und dass sie noch einige von den schmackhaften, kleinen Fleischpastetchen übrig hätte, und es wäre noch genug von den süssen Shortbreadplätzchen da, die ihre Cousine Meredith so schmelzend mürbe zu backen verstand. Zu einem Gläschen Sherry und zu einer Kanne des zarten Darjeelings, der Shirley so gut schmeckte, würde das doch herrlich passen, und ob Shirley wohl gleich am selben Nachmittag vorbei kommen wollte?

Shirley Homes sagte sehr gerne zu und traf auch pünktlich zur Teestunde in Miss Maples Cottage ein.

„Ein grosses Kompliment für diese hervorragenden Fleischpastetchen, liebe Miss Maple! Sie sind wahrlich eine Küchenkünstlerin! Und dieser Sherry! Da soll mir doch einer mit der französischen Küche kommen! Es geht nichts über die währschaften Genüsse unserer schönen Insel, finden Sie nicht auch, Miss Maple?"

Miss Maple nickte lächelnd, bedankte sich artig für die begeistert ausgesprochenen Komplimente. Dann schenkte sie Sherry nach. Geduldig wartete sie, bis ihre Freundin mit der Erzählung beginnen würde. Während sich Shirley Homes dem Genuss von hausgemachten Fleischpastetchen hingab, nutzte Miss Maple die Zeit und berichtete genau, was sie selbst herausgefunden hatte. Shirley kommentierte den Bericht jeweils mit anerkennenden Lauten, die das Kauen der Pastetchen gerade noch ermöglichte, und die auch beim Teetrinken nicht weiter hinderlich waren.

„Sehen Sie, meine Liebe", meinte Shirley als sie das kleine Sherryglas aus geschliffenem Kristall abstellte, „diese Ereignisse machen den Fall noch weitaus interessanter. Alles fügt sich nahtlos zusammen."

Dann begann sie endlich zu erzählen, und Miss Maple stockte der Atem über die wieder einmal aufgedeckte Schlechtigkeit dieser Welt, und über Personen, denen man eine solche Schlechtigkeit nicht einmal im Traum zutrauen würde. Wie zum Beispiel Mr. Finch.

Mr. Barnaby Finch, der Händler mit Musikinstrumenten und Musikalien aus der Nachbarstadt. Es war schockierend, vernehmen zu müssen, dass besagter Mr. Finch angeblich zu einer Schmugglerbande gehört haben sollte, und dass er jahrelang die Rolle eines Mittelsmannes für eine Hehlerbande gespielt hatte. Auf diese Art hätte er sich seine Einkünfte aufgebessert, denn der Handel mit Musikinstrumenten hätte in den letzten Jahren doch sehr an Einträglichkeit verloren. Indes, dank des Scharfsinns eines intelligenten und mutigen jungen Mannes, und des darauffolgenden, beherzten Eingriffs der örtlichen Polizei unter dem Kommando von Sir Percival Willoughby, hätte die Bande überführt werden können. Natürlich hatten auch mehrere kleine Hinweise seitens einer aussenstehenden Drittperson, die über eine ausserordentlich entwickelte Kombinationsfähigkeit verfügte, eine gewisse Rolle gespielt – eine entscheidende sogar! Dabei errötete Shirley Homes ein ganz klein wenig, was sie beinahe mädchenhaft anmutig erscheinen liess.

Miss Maple schenkte goldenen, zart duftenden Darjeeling-Tee in blaugemusterte Porzellantassen ein und beschränkte sich darauf Shirleys Erzählung nur mit einen jeweils dazwischen geworfenem „Ah!" oder „Oh…" oder „Hört, hört!" zu untermalen.

Shirley begann damit, dass Sir Percival Willoughby – mit dem übrigens die Familie Homes entfernt verwandt war, und den Shirley hin und wieder antraf, wenn sie zu Besuch bei einer Tante war – Sir Percival also, hegte schon länger den Verdacht, dass in der Nachbarstadt eine Hehlerbande ihr Unwesen trieb. Dabei ging es um äusserst hohe Werte, denn das Diebesgut bestand vor allem aus Diamanten, Uhren und Schmuck. Von einer dreistelligen Millionenzahl sei bereits die Rede, betonte Shirley, und Miss Maple würde sich doch sicher an die zwei spektakulären Londoner Raubfälle erinnern. An jenen, der schon über zehn Jahre zurücklag und jenen vom letzten Jahr – es war auch zu Ostern gewesen – dieser Fall war nie zufriedenstellend aufgeklärt worden. Nun seien in letzter Zeit immer wieder Hinweise und Spuren aufgetaucht, welche in die Nachbarstadt führten.

„…und können Sie sich vorstellen, meine liebe Miss Maple, wohin genau diese Spuren geführt haben?" fragte Shirley.

„Nun..." begann Miss Maple zögernd, doch Shirley Homes liess sie den Gedanken nicht zu Ende führen. Siegesgewiss holte sie Atem und liess das Geheimnis platzen:

„In das Geschäft von Mr. Finch!"

„Ach, du meine Güte...!"

Dann war Miss Maple sprachlos – einen Augenblick lang.

„Aber das ist ja unerhört, Miss Homes! Das ist ganz fürchterlich!"

„Zweifellos, meine Liebe. Es erstaunt mich immer wieder, wie böse Verbrecher sich hinter einem biederen Antlitz verstecken können, als wären sie unbescholtene Bürger. – Aber lassen Sie mich weiter erzählen. – Ich gelangte also zu der Überzeugung, dass die Fäden in unserer Nachbarstadt zusammenliefen, und dass der Umschlagplatz im Geschäft von Mr. Finch zu vermuten war. Dies teilte ich Sir Percival mit. Sie müssen wissen, dass der gute Percy schon immer meine kombinatorischen Fähigkeiten gewürdigt hat, ja, man kann sogar sagen, dass ich einen erheblichen Anteil an seinen Erfolgen hatte. Ich mag es ihm gönnen, dem alten Knaben Percy…

….nun gut, zurück zu unserem Fall. Sir Percival liess also das Geschäft von Mr. Finch überwachen. Inspektor Higgins war mit seinen Leuten Tag und Nacht unterwegs, doch sie konnten keine stichhaltigen Beweise gegen den Geschäftsinhaber finden…

…und – sehen Sie, meine liebe Miss Maple, beinahe wäre die Investigation auch noch an einer kleinen, unwichtigen Einzelheiten gescheitert."

„Oh," bemerkte Miss Maple.

Shirley seufzte und nahm einen Schluck Tee, damit das kostbare Getränk nicht erkaltete.

„Es ist beinahe tragisch, aber keiner der Polizeibeamten spielt ein Musikinstrument…"

Miss Maple schwieg. Sie beschränkte sich darauf ihre Freundin mit einem fragenden Blick anzusehen.

„Manchmal sind es eben Kleinigkeiten, die über Erfolg oder Misserfolg entscheiden", fuhr Shirley Homes fort,

„…auf beiden Seiten, wie ich betonen möchte, denn hätte wenigstens einer von Michael Higgins' Leuten ein Instrument gespielt, hätte sich diese Person im Geschäft von Mr. Finch als Kunde ausgeben können. Dann wäre jemand im Laden drin gewesen und hätte sich diskret umsehen können."

„Ja, aber," meldete sich nun Miss Maple zu Wort, „es hätte aber auch jemand vorgeben können das Spiel auf einem Musikinstrument erlernen zu wollen und sich ein solches zeigen lassen. Ist denn niemand auf eine solche Idee gekommen?"

Statt einer Antwort seufzte Shirley nur leise, schüttelte ein wenig den Kopf und blickte Miss Maple über den Rand der zierlichen Teetasse an.

„Ah … so", meinte Miss Maple.

„Unter diesen Umständen war es natürlich nur nützlich, dass jemand ins Spiel kam, der unerwarteterweise – und sozusagen von innen heraus – Hilfe leisten konnte."

„Sie sprechen nicht etwa von der Flötistin; Miss Homes?"

„Nicht ganz, obwohl die Dame ebenfalls eine grosse Rolle in diesem Fall gespielt hatte. Dabei müssen Sie wissen, dass sie sich ihrer Rolle gar nicht bewusst war."

„Hört, hört", sagte Miss Maple, „wie kam denn das?"

„Die Flötistin diente lediglich als Ablenkungsmanöver. Sie war völlig ahnungslos in die Sache hinein geraten. Es hätte für sie auch gefährlich ausgehen können!"

„Oh!" bemerkte Miss Maple

„Das kam so", Shirley Homes nahm ihren Bericht wieder auf. „Die Flötistin Lia Lailaa hatte – einer launischen Eingebung folgend und zufällig – eines Tages das Geschäft von Mr. Finch aufgesucht. Sie war in der Stadt gewesen und hatte am Nachmittag verschiedene Besorgungen erledigt. Gegen Abend war sie mit ihrem Lebensgefährten verabredet. Die beiden wollten zusammen in einem Restaurant zu Abend essen und danach gemeinsam nach Hause zurückkehren. Nun war Lia Lailaa aber bereits früher als erwartet mit ihren Besorgungen fertig geworden und beschloss daher, ein wenig durch die Stadt zu spazieren. Dabei kam sie an Mr. Finches Geschäft vorbei. Sie ging hinein und fragte nach Flöten – natürlich... wonach denn sonst... Sie verliess das Geschäft erst nach einer geraumen Weile. Dann traf sie sich, wie verabredet, mit Don Tamburin, und die beiden gingen zu ihrem Dinner. Als sie dann danach zum Auto zurückkehrten, sahen sie die Bescherung."

„Die Bescherung, Miss Homes?" hauchte Miss Maple.

„Den Schmutz auf dem Wagen, natürlich."

„Ja, natürlich", beeilte sich Miss Maple beizupflichten.

„Die Flötistin hatte ihr Auto direkt vor dem Polizeigebäude geparkt", Shirley Homes schmunzelte verschmitzt, „dort gibt es immer freie, öffentliche Parkplätze, aber kaum jemand stellt dort sein Auto ab. Eigenartig, finden Sie nicht auch, Miss Maple...? Aber zurück zu unserer Geschichte: Nun, vor dem Polizeigebäude stehen einige hohe Bäume, und wie Sie wohl wissen werden, Miss Maple, nisten in jenen Bäumen Krähen und Elstern. Diese Vögel verschmutzten nun das Auto der Flötistin auf eine ziemlich grobe Weise. Schliesslich hatte das Fahrzeug einen ganzen Tag lang direkt unter den Baumkronen gestanden – und ehrlich gesagt, es starrte vor Dreck, ein Gräuel!

.....und wären Inspektor Higgins Leute nicht so sehr in die Beschattung des Musikalienhändlers vertieft gewesen, so hätten sie wohl bemerkt, dass jemand einen Zettel unter den Scheibenwischer von Lia Lailaas Auto schob. Einen dieser Reklamezettel, sie wissen schon...."

„In der Tat sehr interessant, Miss Homes, was stand denn auf dem Zettel?"

„Es war Werbung für eine Autowaschanlage."

„Ah. – Aber das wäre doch sehr nützlich gewesen, wenn das Auto schon so verschmutzt war! – Allerdings... War es denn nicht schon sehr spät? Nach dem Dinner – so mitten in der Nacht?"

„Vorzüglich kombiniert, meine liebe Miss Maple!" lobte Shirley Homes, „sehen Sie, genau damit sollte die Flötistin in eine Falle gelockt werden..."

„Oh!!"

„Ja…! Auf dem Reklamezettel stand geschrieben, dass die Autowaschanlage auch nachts bedient war. Dazu war eine Skizze gezeichnet worden, wie man dorthin gelangte. Wäre die Flötistin diesem Plan gefolgt, hätte es womöglich zu Mord und Totschlag kommen können! Nicht auszudenken! Eine hochgradig gefährliche Situation, Miss Maple, der die Flötistin nur dadurch entkam, dass sie ihr Auto ausschliesslich in der Werkstatt von Christopher Worth pflegen lässt."

„Aber warum hatten es die Verbrecher – denn das waren sie gewiss – auf die Flötistin abgesehen? Was war da im Spiel? Erpressung vielleicht? Was wollten sie von ihr? – Ach, liebe Miss Homes, ich kann kaum atmen vor Spannung, bitte erzählen Sie schnell weiter!"

Miss Maple fächelte sich mit der Hand ein wenig Luft ins gerötete Gesicht. Selbst Shirleys Augen blitzten verwegen, als sie ihre Erzählung wieder aufnahm.

„Einen Flötenkoffer wollten die Strolche!"

„Einen Flötenkoffer??"

„Ja, freilich. Doch lassen Sie mich der Reihe nach berichten. – Ich hatte von Sir Percival erfahren, dass Mr. Finch gewissermassen der Kurier der Bande war. Er besorgte den Umschlag der Ware. Nach und nach verschwanden die gestohlenen Diamanten, die Uhren und der wertvolle Schmuck aus dem Land. Die Polizei vermutete, dass vor allem die Diamanten von Mr. Finch weitergeleitet wurden. Was könnte einfacher sein, als die Edelsteine in der inneren Polsterung von Etuis und Instrumentenkoffern zu verstecken? Die Flötenkoffer schienen dazu am besten geeignet zu sein, denn sie sind klein und unauffällig. Ausserdem wiegt so eine Querflöte fast anderthalb Pfund, da fallen ein paar Diamanten im Kofferfutter wortwörtlich nicht ins Gewicht...

...und nun kam der Zufall ins Spiel, der uns eine hilfreiche Hand im Geschäft selbst bot. Mr. Finch beschäftigt in seinem Laden einen Lehrling. Einen ziemlich aufgeweckten jungen Burschen, dessen Vater mit meinem Bruder eng befreundet ist..."

„Oh, Miss Homes!" rief Miss Maple, „...ich beginne zu ahnen...!"

Shirley Homes legte einen Zeigefinger auf die Lippen.

„Psst, liebe Miss Maple, ... noch nicht... Lassen Sie mich erst zu Ende erzählen."

„Aber gewiss doch, meine Liebe, – bitte, fahren Sie fort."

„Also gut. Der Lehrling hatte schon länger einige bestimmte – sagen wir – Unregelmässigkeiten im Geschäftsgang beobachtet. Dazu wurde er gewahr, dass in wiederkehrenden Zeitabständen jeweils zwei Männer das Geschäft aufsuchten, die sich als Lieferanten ausgaben. Mr. Finch erzählte dem Lehrling, dass diese Männer Vertreter einer Firma wären, die besonders erlesene Querflöten herstellte. Nur – wie der Lehrling später herausfand, waren die beiden niemals bei dieser Firma angestellt gewesen!

Sie wissen doch, wie geschickt die heutige Jugend im Umgang mit moderner Technik ist, und wie sich sogar bereits Schulkinder mit Computern und dem Internet auskennen... Nun, dies alles machte sich der Lehrling zunutze. Er rief sogar unter einem Vorwand bei der Firma an und fragte nach den beiden Vertretern."

„Es hat sie nie gegeben, nicht wahr", warf Miss Maple ein.

„In der Tat, liebe Miss Maple. Diese Männer waren zwar „Lieferanten", doch lieferten sie keine Flöten sondern jene Diebesbeute, die Mr. Finch weitervermittelte. Eines Tages muss innerhalb der Bande Streit ausgebrochen sein. Es scheint, als hätte sich Mr. Finch für seine Kurierdienste nicht genug gewürdigt gefühlt. Auf alle Fälle soll es im Laden zwischen den beiden Männern und Mr. Finch zu einem Wortgefecht gekommen sein – wenn auch in gedämpften Ton geführt und nur mit Mühe unterdrückt...

Der Lehrling hatte zufälligerweise dieses Gespräch belauscht. Eigentlich hätte er gar nicht im Geschäft sein sollen. Er hatte sich die Woche nach den Osterfeiertagen frei genommen und wollte sich für eine Prüfung vorbereiten. Er hatte aber bestimmte Schulunterlagen im Geschäft vergessen, und war an jenem Tag zurückgekehrt, um sie zu holen. Als er in die Nähe des Ladens kam, bemerkte er, dass die beiden angeblichen Lieferanten gerade den Verkaufsraum betraten. Weil er von ihnen nicht gesehen werden wollte, ging der Lehrling zum Hintereingang des Hauses und von dort aus ins Büro. Dieses Büro ist nur durch einen dicken Vorhang vom Verkaufsraum getrennt, und so konnte der Lehrling alles mithören, was dort vor sich ging. Natürlich ist die Jugend neugierig, deshalb blieb der Bursche auch auf seinem Lauschposten bis die Männer wieder weg waren. Danach versteckte er sich schnell hinter der Tür zum Korridor und beobachtete durch den leicht geöffneten Spalt, wie Mr. Finch das Büro betrat und was er dort tat.

Der Lehrling hatte verstanden, dass sich das Streitgespräch um einen unscheinbaren Querflötenkoffer gedreht hatte. Als die Männer weg waren, hatte Mr. Finch den Koffer in sein Büro getragen, hatte ihn geöffnet und aus dem gepolsterten Innenfutter die Diamanten herausgeholt, er hatte sie gezählt und wieder im Futter verstaut.

Der Lehrling hatte eine spontane Eingebung. Er wartete auf eine gute Gelegenheit, die sich sogleich bot. Ein Kunde betrat den Laden, Mr. Finch musste wieder in den Verkaufsraum hinaus und hatte keine Zeit, um den Flötenkoffer sicher zu verstauen. So legte er ihn nur in die Schublade seines Schreibtisches. – Ohne zu wissen, wie gefährlich dies werden könnte, nahm der Lehrling den Koffer an sich und vertauschte ihn flink mit einem anderen von gleicher Beschaffenheit. Dann machte er sich schleunigst aus dem Staub….mit den Diamanten!"

„Das ist alles so aufregend, liebe Miss Homes", warf Miss Maple ein und ergänzte: „…wenn ich mich nicht irre, dann muss dies alles vor jenem Tag geschehen sein, als die Flötistin Mr. Finches Laden betrat, nicht wahr?"

Shirley Homes nickte anerkennend mit dem Kopf.

„Wohl wahr", pflichtete sie bei, „denn an jenem Tag, als die Flötistin den Laden bereits wieder verlassen hatte, kehrten die beiden Gangster zurück und wollten das Geld für die Diamanten abholen."

„Welches Mr. Finch natürlich nicht hatte, denn er hatte nicht einmal mehr die Diamanten", schloss Miss Maple.

„Sehr folgerichtig kombiniert, meine Liebe – und deshalb hetzte er die beiden Strolche der Flötistin auf den Hals!"

„Welch eine perfide und verdammenswerte Tat, Miss Homes, finden Sie nicht auch? – Allerdings muss sich dabei Mr. Finch bewusst gewesen sein, in welcher Gefahr er selbst schwebte. In der Tat sind die Wege des menschlichen Denkens bisweilen widersprüchlich."

„Sie haben wie immer recht, werte Miss Maple, insbesondere dann, wenn sie dieses köstliche Gebäck zum Tee servieren. Aber lassen sie mich zu Ende erzählen. Wo war ich stehen geblieben, bevor ich mich selbst unterbrach? Ah, ja – bei Mr. Finch und seiner Behauptung, die Flötistin hätte den Koffer an sich genommen und wäre auf und davon.. Die beiden Männer zogen sich unverrichteter Dinge zurück und versuchten nun die Verfolgung der Flötistin aufzunehmen. Mit ihren Kommunikationsgeräten ermittelten sie schon bald den Standort ihres Autos."

„Welches direkt vor dem Polizeigebäude stand", kicherte Miss Maple, „...dort konnten sie es nicht einfach aufbrechen und durchsuchen."

„Ganz genau, so war es. Deshalb ersannen sie die Falle mit der fiktiven Autowaschanlage. Doch darauf fiel Lia Lailaa nicht ein. Kluges Mädchen!.... Nun, die Diamanten waren beim Lehrling, der sich eifrig überlegte, wie er die Sache angehen mochte, die Gangster waren der Flötistin auf der Spur, und Inspektor Higgins führte mit seinen Leuten immer noch Ermittlungen durch."

„Jetzt verstehe ich auch, Miss Homes, warum sich Michael Higgins' Mutter darüber beklagt hatte, dass ihr Sohn plötzlich so wortkarg war, und dass er dermassen müde ausgesehen hat. Es wird mir auch klar, wer jene beiden Männer gewesen sind, die von Mr. Simmons beim Haus der Flötistin beobachtet wurden. Gottseidank war er da gewesen, sonst hätten die beiden womöglich noch eingebrochen!"

„Aha, Miss Maple", bemerkte Shirley schmunzelnd, „ich sehe, dass Sie eigene Nachforschungen angestellt haben. Gut, gut. Ich dachte es mir."

„Nun, Miss Homes", entgegnete Miss Maple bescheiden, „weit bin ich damit nicht gekommen. Mir fehlen eben gewisse Verbindungen, auf welche Sie zählen können. – Doch sagen Sie, was tat der Lehrling mit dem Koffer?"

„Wohl wahr, meine liebe Miss Maple", nickte Shirley Homes versonnen, „ohne gewisse Verbindung ist es bisweilen äusserst schwierig, die Wahrheit zu finden. Wie in diesem Fall. – Nun, was tat der Lehrling? Ich würde sagen, er tat das Naheliegendste."

„Oh…?"

„Ja, er beriet sich erst einmal mit seinem Vater."

„Ah! … und der Vater beriet sich danach mit Ihnen und mit Ihrem Bruder, Miss Homes, war dem so?"

„Wie könnten Sie Unrecht haben, meine Liebe? Natürlich war dem so, wie Sie sagen. Ich erwähnte bereits, dass der Vater des Lehrlings ein langjähriger Freund meines Bruders ist. Zusammen suchten wir Sir Percival auf, der augenblicklich handelte. Hier zeigte sich nun die überragende Fähigkeit unserer Polizei. Es ist überaus erstaunlich, was die heutige Technologie zu leisten imstande ist – natürlich auch die Menschen, die sie anzuwenden wissen. Während nun wir beide hier in Ihrem heimeligen Cottage gemütlich Tee trinken und uns leiblichen Genüssen hingeben, sind die Mitglieder der Diebesbande bereits verhaftet worden oder werden es in Kürze sein. Wahrlich, meine liebe Miss Maple, wir dürfen uns mit gutem Gewissen zurücklehnen und die Mühlen des Gesetzes mahlen lassen."

„Gewiss doch, Miss Homes, gewiss… Aber, sagen Sie, dieser Lehrling – sein Vater ist doch Arzt, ist es so…?"

„Aber natürlich, meine liebe Miss Maple. Der Lehrling ist der kleine Jeremy. Jeremy Watson!"

„Natürlich! Ich denke, der junge Mann hat eine glänzende Zukunft vor sich."

„Das wollen wir hoffen, Miss Maple, das wollen wir hoffen. Da man Jeremy nun gewissermassen seinen Chef und Ausbildner gewaltsam entrissen hatte, stellte man ihm das Erlernen eines beliebigen Berufs zur Wahl – und denken Sie sich: Er möchte ein Musiker werden!"

Miss Maple nickte bedächtig, „So so," bemerkte sie versonnen, „die Jugend folgt ihren Träumen…"

Es wurde still im Cottage und nur das Ticken der alten Kaminuhr war zu vernehmen. Draussen senkte sich bereits die Dämmerung. Es war spät geworden an jenem Tag, während einer besonderen Teestunde bei Miss Maple.

Kulinarik luftig leicht

Die Schaumschlägereien des gehobenen Essgenusses

Die neuen Trends in der Kulinarik führen hinters Licht. Sie sind vergleichbar mit den vielen Absichtserklärungen aus Politik und Bankenwelt. Eindeutig sind hier Schaumschläger am Werk.

Die neuen Essgewohnheiten seien leicht, heisst es allerorten. Die neue Leichtigkeit sollen Bezeichnungen vermitteln wie „Espumas", „Schaumsüppchen" oder „Spongekuchen". Nun, Kreativität in den Küchen ist sicher angesagt, doch will man tatsächlich „Schwammkuchen" essen? Wollen wir auf unseren Tellern Saucen sehen, die nur aus aufgeschäumter Luft bestehen und genauso schnell in sich zusammenfallen? Wollen wir aufgeblasenen Schaum auf der Suppe und auf dem Kaffee? Was auch immer andere Leute wollen – meine Antwort lautet: Nein.

All diese „luftig leichten" Kreationen und fantasievollen Erfindungen wie man Essen mittels Schaum aufpeppen kann, lassen doch nur einen schalen Beigeschmack übrig, wenn danach die solide und äusserst schnittfeste Rechnung für diese heisse Luft präsentiert wird. Ein luftiger Gedanke, ein Hauch des Verdachts beginnt sich zu formen: Geht es in erster Linie um Einsparungen beim Material, sprich: Lebensmitteln und Essensmengen? Natürlich sind wir alle linienbewusst, ernährungsbewusst und kalorienbewusst, niemand will wirklich an Körpergewicht zunehmen – aber nach langen Arbeitstagen voller figurbewusster Selbstkasteiung sollte sich doch die Einstellung gegenüber dem Genuss am Essen wenigstens an den Wochenenden ein wenig lockern und dem allgegenwärtigen Asketismus Platz machen. Nach wiederholten Tausendkalorientagen und Mini-Salatportiönchen im Büroalltag, sollte man sich doch zur Feier des Samstags oder Sonntags etwas Reichhaltigeres gönnen dürfen. Vielleicht sogar in einem angenehmen Restaurant, und zwar in einem, wo weder der Lebensmitteleinkauf noch die Höflichkeit des Personals rigorosen Sparmassnahmen unterliegt. In einem Restaurant, in dem Rahmsaucen noch Rahm enthalten dürfen. In einem Restaurant, welches die sonst allerorten mit penetranter Hartnäckigkeit servierten „Curry-Möhren-Schaumsüppchen" in die ewigen Gefilde der kulinarischen Vergessenheit verbannt. Dort mag dann diese „exotische Kreation" meinetwegen jahrhundertelang ruhen, ohne im Geringsten gestört zu werden.

„Träume sind Schäume", hiess es einmal, und das zu Recht, denn die Schäume auf den Tellern dieser Welt zerstieben genauso schnell wie der Traum von einem schmackhaften Essen, bei dem es noch etwas zu Beissen gibt.

Ebenso wenig Biss hat auch das seit Jahren in der mitteleuropäischen Gastronomie wuchernde „mediterrane Gemüse". Als würde auch in Mitteleuropa im Sommer nichts anderes auf Feldern und in Gärten wachsen als, Zucchini, Gurken, Tomaten und Paprika – manchmal als

„Ratatouille" bezeichnet, das heisst mit verschmurzelter Zwiebel und angebranntem Knoblauch gereicht, triefend vor Olivenöl und geschmacksoptimiert durch die Beigabe armseliger, schlabbriger und bitterer Basilikumblätter.

„Mediterranes Gemüse" – es ist eine Beleidigung nicht nur der Geschmacksnerven sondern auch des guten Geschmacks und der ganzen Artenvielfalt an essbaren Gewächsen, die während der warmen Jahreszeit zur Verfügung stehen. Das mörderische „Ratatouille", das einem stundenlang auf dem Magen liegt, kann nur noch getoppt werden, indem es als „mediterranes Gemüse vom Grill" daher kommt. Nun, nichts gegen rohes Gemüse – aber bitte nicht halb verkohlt, damit man die hübschen Grillstreifen sehen kann!

Es bleibt zu hoffen, dass alle Gastwirte, die ihren Gästen solche „Kreationen" anbieten, einmal selbst in der Hölle schmoren müssen – am besten in einem Ratatouille-Topf. Obwohl, es ginge noch besser: Sie sollten sich von ihren eigenen „Köstlichkeiten" ernähren müssen. Dann würde sicher allen klar werden, warum das „mediterrane Gemüse" anscheinend dabei hilft schlank zu bleiben…

Tomaten, Gurken, Paprika und Zucchini sind Pflanzen, die sich sehr gut in Nährlösungen ziehen lassen. Das bedeutet: Die Pflanzen wachsen ohne Erde, ohne Sonnenlicht und eigentlich auch ohne richtige Luft. Diese wird für die Pflanzen eigens sie mit CO_2 angereichert. Moment mal: CO_2? Jenes böse CO_2, das am Klimawandel und am Treibhauseffekt schuld sein soll? CO_2 soll doch so schädlich sein, dass es sogar „Ratatouille" übertrifft! Ein kurzer Ausflug ins Internet bestätigt jedoch den schlimmen Verdacht: Die Gemüsepflanzen, welche in Treibhäusern wachsen werden mit Luft umweht, die mit CO_2 angereichert wurde! Die geschundenen Gewächse laufen dann sogar dem allgegenwärtigen Broccoli den Rang ab. Der interessierte Leser möge nur einmal eine Internetsuche mit den Stichworten „**Gemüseanbau mit CO_2**" starten und staunen, was da zum Vorschein kommt! Gemäss jener Firmen, die solche Dienstleistungen anbieten, soll dann plötzlich das böse, böse CO_2 ganz tolle Resultate beim Wachstum der Pflanzen erzielen. Was soll dann, bitte, die Panikmache, gemäss welcher der CO_2-Gehalt in der Luft nun unabdingbar gesenkt werden muss, da sonst die Menschheit unmittelbar vom Aussterben bedroht ist! Panikmache vom Feinsten. Aber dann mit dem Zeug Treibhäuser füllen, damit Obst und Gemüse grösser wachsen? Will uns da jemand veräppeln? Allerdings hätte in diesem Punkt die „Wissenschaft" recht: Ans Gemüse unter Plastikbahnen gepufft, ist das CO_2 in der Tat ein „Treibhausgas"! Da staunt der Laie und die Fachwelt wundert sich.

Apropos Fachwelt: Warum schreiben immer wieder angebliche „Ernährungs-Experten" in Zeitschriften und Online-Magazinen über die anscheinend unerreicht gesundheitsfördernden Eigenschaften von: Tomaten, Gurken, Paprika und Zucchini – und, man ahnt es schon – auch von Broccoli?

Alle gesundheitsbewussten Zeitgenossen seien deshalb gut beraten, wenn sie sich ihre Gesundheit weiterhin bewahren wollen, sich von Tomaten, Gurken, Paprika, Zucchini – und man ahnt es schon – auch von Broccoli – wenn möglich fernzuhalten.

Guten Appetit!

Tierisch gut – ein Tag im Zoo

Es ist ein schöner Sommertag, und so ist es nicht verwunderlich, dass ausser uns noch viele weitere Mitbürger aus Zürich und Umgebung mit derselben Idee aufwacht sind: **„Heute gehen wir in den Zoo“.** Allerdings waren die Mitbürger früher erwacht als wir, und so trafen wir erst kurz vor der Mittagszeit ein, als im Restaurant am Eingang des Zoos bereits die Fütterung der kleinen Raubtiere mit „Schnipo“, Cola und Eis bereits voll im Gange war. Ein Blick auf die Menge liess befürchten, dass Demographen mit der Theorie zur Überbevölkerung Recht haben könnten.

Während nun die zweibeinigen Raubtierchen und ihre erwachsenen Begleitpersonen mit Nahrungsaufnahme beschäftigt waren, hielten die wilden Vierbeiner Siesta. Pech für uns. **Gähnende Löwen und dösende Tiger** sind zwar kein spektakulärer Anblick – majestätische Viecher sind sie jedoch allemal, denn warum wohl glaubten einige Besucher, in der Gegenwart der Tiger flüstern zu müssen? Wohlgemerkt: Im Zürcher Zoo sind die Menschen und Tiger durch dicke Glasscheiben voneinander getrennt, die ihrerseits in einer Betonmauer eingebaut sind… Wenigstens taten uns die Tiger den Gefallen doch noch ein wenig im Gehege herum zu tigern. Aus ihren süssen Tigerbabies, deren Bilder die Tagespresse füllten, waren bereits flapsige Tiger-Teenager geworden – und die führten vor, was Menschen-Teenager auch sehr gut können: Herumhängen.

Wo war aber der Schneeleopard geblieben?

Das „brasilianische Pantanal" mit der Affeninsel im Zürcher Zoo ist witzig gestaltet, und die in den Bäumen munter turnenden gelben Äffchen trugen das ihre zur guten Laune bei. Unterhaltsam war auch die Anlage des „äthiopischen Hochlands", wo ernsthafte Steinböcke würdevoll daher schritten und Paviane ein Affentheater veranstalteten. Doch wo war der verflixte Schneeleopard geblieben?

Dem Löwen, als dem König der Tiere, war eine ganze Ausstellung gewidmet. Der Löwe als viel beschworenes Zeichen von Macht, Stärke und Willen. Die Kuriosität der Ausstellung bildeten sicher die Sandalen des äthiopischen Kaisers, die zur zeremoniellen Kleidung gehörten. Diese Sandalen sind mit silbernen Löwenfiguren verziert, die aus Schweizer Fünffrankenstücken, „Fünflibern", gehämmert wurden! Gegrüsst seist du, Helvetia! So schmücktest du einst, zweckentfremdet und weitab der Schweizer Grenzen, exotisch-kaiserliche Füsse. Selbstverständlich trug der Kaiser zu seinem Staatsornat auch eine Krone, sie bestand aus hoch aufragendem Löwenhaar. Die Löwen im Zürcher Zoo gaben sich derweil betont faul – es war wie gesagt Siestazeit. Siesta machten auch die Gorillas und einige Orang-Utans. Nur die Gibbons schwangen sich mit ihren langen Armen unermüdlich von Ast zu Ast, wie man es von Gibbons nicht anders erwartet. Aber leider – immer noch keine Spur vom Schneeleoparden.

Ebenfalls leider, hielt auch der Manul lieber Mittagsschlaf, als sich neugieren Menschen zu zeigen. Ich glaube, wenn ich ein Yeti wäre, so hielte ich mir einen Manul als Haustier und würde versuchen ihn zum Lachen zu bringen. Man sagt „der Manul", doch finde ich das grammatische Geschlecht unpassend – „das Manul" wäre viel zutreffender. Die Art „Felis manul" oder „Pallaskatze" ist ein kleines Raubtier, das an einen übergewichtigen, schlecht gelaunten Kater erinnert. Es ist auch etwa so gross wie eine Hauskatze, hat ein getigertes Fell und kurze Beine. Der Manul ist der perfekte Berggänger, der sich in Vorderasien und im Himalaya-Gebirge wohl fühlt. Also doch ein Haustier für die Yeti-Familie? Das Tierchen kann sich Lebensräume bis auf 4800 m Meereshöhe aussuchen. Man will ja schliesslich den Überblick behalten – und eben den hatten wir nicht, denn der Schneeleopard war immer noch nirgends zu sehen.

Wir folgten weiter den verschieden Pfaden, die uns durch alle Kontinente dieser Erde führten. Bei **Vogelarten** ist es besonders faszinierend zu sehen, welche Vielfalt im Angebot herrscht, und dass es trotz intensiver, menschlicher Bemühungen so viele Arten wie möglich auszurotten, glücklicherweise nicht gelingt.

Die Eulen taten es den Raubkatzen nach und blinzelten hin und wieder mit einem Auge den vorübergehenden Besuchern nach – doch was will man schon von einer Eule am Tag? Beeindruckend sind sie allemal, wie sie, durch das Gefieder getarnt und trotz ihrer Grösse, fast mit dem

Baumstamm verschwimmen, auf dem sie sitzen. Eine Sperbereule war hellwach. Wecker falsch gestellt? Schlafstörungen? Sie zeigte ihre Flugkünste und besuchte ihre Kollegen in der angrenzenden Voliere – vielleicht hatte sie gemerkt, dass man auch am Tag seinen Spass haben kann. Doch wo, zum Kuckuck, war der Schneeleopard geblieben?

Vorbei an den Brillenbären, die sich gern in Szene setzen, ging es **zum kleinen Panda.** Zwei von diesen Kuscheltierchen lümmelten sich hoch oben in den Kronen zweier Bäume. Ein Baum, ein Panda? Separate Wohnungen? Vielleicht. Auf alle Fälle sahen beide aus, als hätten sie die Nacht davor durchgefeiert. Wer bäuchlings auf einem Ast liegend seinen Kopf – Kinn und Nase voraus – in den Baumstamm drücken kann und alle vier Pfoten von sich streckt, sieht aus als hätte er einen ganz bösen Kater – fast schon einen Manul. Was treiben eigentlich diese waschbärartigen Kuscheltierchen in der Nacht? Als wir Stunden später wieder vorbeikamen, hingen sie immer noch im Geäst herum! Das klärte allerdings nicht die Frage, wo der Schneeleopard geblieben war?

Sehr beeindruckend war das Zeremoniell der Elefantenfütterung. Die Dickhäuter wurden zu diesem Zweck in den Auslauf des Elefantenhauses gelassen, wo sie nicht nur Äste mit grünen Blättern vorfanden, sondern auch an Baumstämmen hängende Blechkübel, aus denen die Elefanten mit ihren Rüsseln geschickt Leckereien heraus klaubten. Tolle Feinmotorik schon beim

Elefantennachwuchs gut zu beobachten. Erstaunlich, was man mit einem Rüssel alles anstellen kann.

Doch der Höhepunkt sollte erst folgen: Im richtigen, bühnenwirksamen Moment dieser Inszenierung schob sich plötzlich das hohe Gittertor zur Seite, und mit majestätischem Schritt, erhobenem Rüssel und wehenden Ohren betrat der „Pater familias", der grosse Elefantenbulle, die Szene. Nachdem er seine langen, Achtung gebietenden Stosszähne präsentiert hatte, verzogen sich alle Elefanten-Teenies pflichtschuldigst in den hinteren Teil des Hofes, um Papa den Vortritt zu lassen. Da herrscht Ordnung bei Familie Elefant. Patriarchat in seiner reinsten Ausprägung. Aber vom Schneeleoparden immer noch keine Spur.

Ein zoologischer Garten dient – wie der Name schon sagt – der Bestrebung zur Erforschung der Tiere. Doch gleichzeitig existiert innerhalb eines zoologischen Gartens – gewissermassen als Paralleluniversum – immer auch **ein anthropologischer Garten**. Da kann man als diskreter Beobachter einzelner oder in Gruppen auftretender Exemplare der Spezies „Homo sapiens" viel Spass haben. Man kann sich beispielsweise die Frage stellen, ob die grosse Anzahl von Störchen im Zürcher Zoo, die ihre radförmigen Nester in schwindelerregender Höhe bauen, mit der grossen Anzahl kleiner, quirliger, übermütig schreiender oder gar frisch geschlüpfter Menschenjungen im Zusammenhang steht?

Man stellt fest, dass gewisse ältere Herren, die bewehrt mit Hightech-Kameras und riesigen Objektiven von Kanonenrohrlänge, eigentlich ein interessanteres Bildmotiv abgeben, als müde dösende Eulenvögel.

Man konnte vermuten, dass die Russisch sprechende Dame, in dem aufreizend engen und fast bis zum Nabel ausgeschnitten Kleid wohl auf Partnersuche war und deshalb die entsprechenden Signale aussandte, um paarungswillige Männchen anzulocken. Die Wirkung der Signale war zu diesem Zweck derart verstärkt worden, dass das Kleid mitsamt dem darunter getragenen Push-up-BH zu zersprengen drohte. Vielleicht war sich die besagte Dame nicht ganz klar über die Minderung ihrer Partnerwahlmöglichkeiten, als sie derart gerüstet, ihre beiden jugendlichen Söhne gluckenhaft mit Cervelats, Brot und Bananen aus dem Rucksack verpflegte.

Ganz entzückend dagegen war eine junge Mutter, die versuchte ihren im Kinderwagen brüllenden Nachwuchs mit folgenden Worten abzulenken: „Da, schau mal, das Äffchen! Siehst du das Äffchen? Da, schau mal der Papi! Siehst du den Papi?" (… erst als ich mich verwundert umschaute, bemerkte ich den Vater des Schreihalses mit dessen Geschwisterchen etwas abseits stehen…).

Hinter einer Glasscheibe, in einem Gehege mit Bäumen, deren Äste weit nach vorne reichten, turnte flink ein kleines, niedliches Tierchen mit schwarzen Kulleraugen, einem buschigen Schwanz und auffällig gefärbtem Fell. Neben uns blieb eine rüstige Rentnerin stehen und äusserte sich in typischer Schweizermanier und für jedermann gut hörbar, über das putzige Fellknäuel: „Jööö, wie schön! Schau doch mal, wie schön! Was für ein schönes Tier! So schön, dieses Fell! So schön!!! ... Auf der Informationstafel am Gehege war die Bezeichnung dieser schönen Tierart zu erfahren: „Schönhörnchen" .... Tja, ... was sonst....?

Aber – und diese Frage wurde immer brennender: Gab es den Schneeleopard tatsächlich oder war er nur ein Mythos?

Im Affenhaus beobachte ich mit viel Interesse sowohl Bewohner als auch Besucher des Zoos und stelle mir die beunruhigende Frage – ob Darwin vielleicht doch Recht hatte mit seiner Entwicklungslehre, an der in letzter Zeit einige Zweifel aufgetaucht sind? Sind Mensch und Tier wirklich so verschieden in ihren Charaktereigenschaften? Ich meine, wir alle streben doch nach Beachtung, Anerkennung und dem bisschen Ruhm im Rampenlicht – The Show must go on!

Später, herzhaft in eine **Bratwurst** beissend, befielen mich Gedanken zum Thema **Karnivorismus versus Vegetarismus.** Um gewichtige (im wahrsten Sinne des Wortes) Argumente zu haben, führen Vegetarier immer wieder gerne ins Feld, dass es keine tierischen Produkte in der Ernährung brauche, denn die grössten und stärksten Tiere dieser Welt ernährten sich ausschliesslich von Pflanzen. Soweit so gut – jedoch, das überhaupt grösste Tier der Erde ist der Blauwal und der ernährt sich von Plankton und Krill. Krill, das sind Kleinstkrebse – und Krebse gehören gewiss nicht in den vegetarischen Ernährungsplan. Was das Plankton anbelangt – na ja,

Plankton bedeutet „das Umherirrende", es sind „Organismen, die im Wasser leben und deren Hauptmerkmal es ist, dass ihre Schwimmrichtung von der Wasserströmung vorgegeben wird..." (Soweit informiert uns die allseits bekannte virtuelle online-Enzyklopädie). „Organismen" können pflanzlich sein oder auch nicht – und ganz spontan stellte ich fest, dass ich einige der gewiss nicht pflanzlichen „Plankton-Organismen" bestens kannte. Diese „Organismen" bezeichnen nämlich ihre eigene Wasserströmung als „Life-Style" und gelten für den Rest des Planktons als Trendsetter oder Influencer.

Fleisch oder nicht Fleisch – war nicht das die Frage? Wenn die Vegetarier nun das Argument der körperlichen Grösse ins Spiel bringen, so haben sie nur teilweise Recht. Dass sich eine gewisse Kraft aus dieser Grösse ergibt, das scheint folgerichtig – man erinnere sich an den Physikunterricht. Wenn der Elefant mit all seiner Kraft losrennt, dann ergibt seine Masse multipliziert mit seiner Geschwindigkeit, dass es beim Zusammenstoss mächtig kracht. Es geht aber auch sehr gut ohne Vegetarismus – das kennt man aus dem Strassenverkehr. Doch zurück zum Thema: Grosse Tierarten leben vegetarisch, das ist wahr. Elefanten, Rinder, Orang-Utans, Gorillas. Vegetarier sind auch die Einhufer und die meisten Paarhufer – nicht alle, denn Schweine sind Gourmets und Allesfresser. Wenn ich mir allerdings die grossen Tierarten anschaue, dann kann ich keine reellen Vorteile der ausschliesslich vegetarischen Ernährungsweise erkennen. Als Vegetarier ist man – zumindest im Tierreich – tagaus tagein mit Suche, Aufnahme und Verwertung von

Nahrung beschäftigt. Klingt mühsam – und erinnert irgendwie an Büroarbeit.

Als Vegetarier im Tierreich neigt man auch offensichtlich zu Übergewicht, zu schwellenden Proportionen und faltiger Haut. In der Tat, dies sind keine überzeugenden Argumente für Vegetarismus. Man mag ja über Schönheitsideale geteilter Meinung sein, aber das geht mir doch zu weit: Möchte ich etwa wie ein Nashorn aussehen? Dazu kommt bei diesen Tierarten noch eine eher gemächliche Gedankentätigkeit begleitet von gleichfalls eher gemächlicher Intelligenz. Dieser Umstand wird dann mit viel Masse und mit viel Kraft kompensiert. Nicht mein Fall. Dagegen sind Fleischfresser flink, effizient, und klug – und sehen dabei auch noch umwerfend aus. Obwohl – wenn ich an das „Grumpy-Cat-Manul-Raubtier" denke…

Vielleicht war da eine gewisse Befangenheit im Spiel – aber wo zum Donner steckte der Schneeleopard?

Den Schneeleoparden, der angeblich ein Publikumsmagnet des Zürcher Zoos sein soll, haben wir übrigens den ganzen Tag nicht zu Gesicht bekommen. Da mochte sich der skeptische Zoo-Besucher wohl zu recht die Frage stellen: „Der Zürcher Schneeleopard – eine Legende?"

Ein Käfig voller Vögel

Dem Schweizer Ornithologen Johannes Denkinger zum 70. Geburtstag (2017)

Die Leidenschaft von Johannes Denkinger für die faszinierende Welt aller Flattermänner dieser Erde bietet reichlich Potenzial für neue und nicht allzu ernst gemeinte Erkenntnisse innerhalb der Ornithologie.

Aus diesem Grund folgt nun eine kurze und bei weitem nicht abschliessende Typologie insbesondere der seltenen Schweizer Vogelwelt im Alltag.

In die Kategorie der introvertierten Vögel gehören folgende Gattungen:

Das **Sumpfhuhn,** das **Suppenhuhn,** das **verschupfte Huhn,** die **Schleiereule,** die **Nebelkrähe**, und zuweilen auch die eine oder andere **Gumsel**, sofern deren Hirntätigkeit ausreichend ist. Mit einem äusserlichen „Up-Lifting" kann in den meisten Fällen diesen Vogelarten zu mehr Selbstbewusstsein verholfen werden. – Männliche Exemplare werden selten gesichtet.

Das pure Gegenteil zu den Vorgenannten bildet die nachfolgende, stark extravertierte Art der **Tropenvögel** mit ihren Untergruppen wie zum Beispiel:

De Glatti Vogel, der **Seltene** oder **Seltsame Vogel,** der **Schräge Vogel,** der **Komische Kauz,** der **Rohrspatz,** und der **Globi.**

Der **Tropenvogel** besticht durch sein prachtvoll zur Schau gestelltes Äusseres. Hinsichtlich seiner Paarung macht sich der Tropenvogel nicht selten an Exemplare der Gattung **Verschupftes Huhn** heran, vor allem wenn diese über ersparte Mittel verfügen und einen Hang zur Häuslichkeit aufweisen. Zuweilen kann man an männlichen **Tropenvögeln** Verhaltensmuster beobachten, die nicht im Einklang mit den Erwartungen ihrer Nistpartnerinnen stehen. Der **Tropenvogel** flüchtet dann aus dem gemeinsamen Nest und sucht Abwechslung bei **Gumseln** oder lässt sich gar mit den Gattungen der **Asphaltschwalben** und/oder **Randsteinamseln** und anderer **Nachteulen** oder **Schnepfen** ein, um sich zu vergnügen. Danach kehrt der **Tropenvogel** jedoch regelmässig wieder ins gemachte Nest zurück.

Zu weiteren unangenehmen Eigenschaften dieses Vogels gehört auch, dass er sich gerne mit fremden Federn schmückt und sonst eher mit körperlichen als mit geistigen Kraftakten brilliert. Dem paarungsbreiten Weibchen gaukelt der **Tropenvogel** eine bewusst herbei geführte Sinnestäuschung vor, damit es ihn für den märchenhaften **Paradiesvogel** oder gar den **Phönix** halte, wobei auch hier gilt: „Phö nix kommt nix…"

Weibliche Exemplare des **Tropenvogels** erkennt man an ihrer bunten Aufmachung, am exzessiven Hang zu dramatischen Auftritten auf roten Teppichen und an modischen, glitzernden Kinkerlitzchen. Nicht zu verwechseln mit den **Diebischen Elstern**, wobei weibliche **Tropenvögel** unter Umständen auch zu **Hexenvögeln** mutieren können.

Die Untergruppen des **Tropenvogels** teilen sich in **humorvolle** oder **humorlose** Arten, wobei der **Komische Kauz** erstaunlicherweise zu den Humorlosen zu zählen ist; desgleichen der **Rohrspatz,** dessen cholerisches Temperament sich lauthals in seiner Nachbarschaft zu offenbaren pflegt.

Zu den **unterhaltsamen** Arten zählt der **Globi**, dessen Lebensraum zumeist ein Regal im Kinderzimmer bildet. Ein eher verborgenes Dasein pflegen ältere Globi-Exemplare, indem sie sich in stabile, mit Kinderbüchern gefüllte Bananenkisten zurückziehen, die auf Estrichen oder in Kellern gelagert werden.

Die Kategorien der **Glatten, Seltenen oder Seltsamen** und der **Schrägen Vögel** findet man in allen gesellschaftlichen Hierarchiestufen und Ausprägungen. Diese Arten zeichnen sich durch einen betont individuellen Lebensstil aus. **De Glatti Vogel** kommt nur in der Schweiz vor und verfügt zusätzlich über einen besonderen Sinn für Humor, der jedoch nicht immer auf Gegenliebe stösst. **De Glatti Vogel** (verwandt mit dem in Deutschland vorkommenden **Spassvogel**) sollte am Ausdruck seines Humors arbeiten, was er jedoch meist aus Leichtsinn unterlässt. **De Glatti Vogel** und der überall im deutschsprachigen Raum vorkommende **Schräge Vogel** sind oft nur schwer voneinander zu unterscheiden.

Dagegen ist die Bezeichnung des **Seltenen** oder **Seltsamen Vogels (lat. Avis rara)** irreführend, da Seltenheit generell mit Kostbarkeit und einen hohen pekuniären Wert gleichgesetzt wird, was im Falle der meist einfachen intellektuellen Ausrichtung des **Seltenen Vogels** kaum zutrifft.

Weitere Unter-Unter-Kategorien dieser weltweit häufig vorkommenden Spezies sind unter anderem: Die **Lustigen, Losen, Lockeren, Linken, Sauberen und Fremden Vögel.**

Nur mehr verstreut, finden in der Schweiz zwei bedrohte Vogelarten ihren Lebensraum. Es handelt sich dabei um **Finken** und **Tigerfinken** – diese werden auch liebevoll **Tiger-Finkli** genannt. Sie kommen ausschliesslich in Paaren vor, wobei sich die **Tigerfinken** durch eine besondere Färbung auszeichnen und durch die eigenartigen, leuchtend roten Bommel auf ihren Köpfen von den anderen Finkenarten unterscheiden. Weitere Kategorien bilden hier die **Winterfinken,** die man entweder an der weich flauschigen, gepolsterten Ausstattung erkennt, oder an einer dunklen, gerillten Hartgummifärbung.

Weitere lediglich auf den Schweizer Lebensraum beschränkte Spezies bilden: Der **Spatz,** der **Gummi-Adler** und der **Fleischvogel.** Trifft man die beiden letztgenannten Arten vornehmlich in Privathäusern oder Speiselokalen an, wo sie zumeist in Kochtöpfen und auf Tellern nisten, bevorzugt der **Spatz** eine ländliche Umgebung und kriegerisches Übungsgelände.

Nicht in diese Kategorie fallen der **Süsse Spatz** und der **Freche Spatz**.

Die Spezies der **Wandervögel** wird je länger je mehr von den **Zugvögeln** zurückgedrängt, die sich des öffentlichen Verkehrs bedienen, um ihre Nist- und Futterplätze auszubauen. **Wandervögel** werden deshalb in die Berge zurückgedrängt. Dort kann man sie gut an ihren roten Waden erkennen. Allerdings scheint die rote Farbe bei den jüngeren Exemplaren der **Wandervögel** zu mutieren – es werden immer mehr Wandervögel mit jeansblauen Beinen beobachtet.

Galgenvögel, unter denen auch **Schluckspechte** angetroffen werden – mitsamt ihren Partnerinnen den **Schnapsdrosseln** – haben es im Besonderen auf **Unglücksraben** und **Pechvögel** abgesehen, die ihre natürliche Beute darstellen.

Mit diesen Arten lebt der **Pleitegeier** in enger Symbiose, und auch **Mistfinken** und **Dreckspatzen** kann man gut in seiner Umgebung beobachten, da wird kein grosses Federlesen gemacht, da kann es schon mal vorkommen, dass einem Übles schwant…

Das natürliche Habitat der **Zeitungsente** ist der raschelnde Blätterwald. In dieser Umgebung legt die **Zeitungsente** ihren Artgenossen ein Ei nach dem anderen.

Eine Verwandte der **Zeitungsente** ist die **Lahme Ente,** die sich entgegen ihrer offensichtlichen Behinderung gerne in die Öffentlichkeit wagt, wo sie viel schnattert und sich für einen **Star** hält. Klappt es jedoch nicht mit der

Führungsrolle, wird eine **Lahme Ente** in brenzligen Situationen immer die **Vogel-Strauss**-Politik anwenden.

Ein äusserst seltenes Spielchen der Natur, das in der Tierwelt anzutreffen ist – ist die Mutation von zwei französischen Pferden – genannt Dööschwooo – zu einer **Ente**. Was immer sich die Natur dabei gedacht hat – gegen den aus den Vereinigten Staaten eingeführten **Firebird**, oder gar einen **Thunderbird**, kommt die **Lahme Ente** jedoch nicht an.

Die exotische Verwandte der vorherigen Spezies ist die chinesisch sprechende, etwas aufgeblasene **Peking-Ente**, welche in mondänen Restaurants anzutreffen ist, oftmals in Begleitung ihres französischen Partners, des **Coq-au-vin**.

Einige Arten der Schweizer Vogelwelt sind nicht ganz zum Geflügel zu zählen, nämlich der **Sommer**- und der **Nachtvogel**. Die eine Spezies – der **Schweizerische Sommervogel** – zählt zu den Insekten und dient rein ästhetischen Zwecken, indem er während sonniger Sommertage von Blüte zu Blüte flattert und die Blumen sozusagen – bestäubt.

Die andere Art – der **Nachtvogel**, verfügt zwar auch über das Fortbewegungsmittel der Flügel, ist jedoch eher den vampirähnlichen Säugetieren zuzurechnen. Während der Tagesstunden sieht man diese Art jeweils kopfüber herumhängen um sich von durchwachten Nächten zu erholen. Forscher vermuten auch, dass diese Spezies Energydrinks einer gewissen Marke zu sich nimmt, die angeblich Flügel verleiht...

Dies ergibt nun eine passende Überleitung zu geflügelten Wesen, welche eher der Fabelwelt und der Sage angehören: Die Rede ist von **weissen Krähen**, von **Gänsen, die goldene Eier legen**, von **Gebratenen Tauben**, die einem ins Maul fliegen und dem vorher genannten **Phönix aus der Asche**…. **Mein Lieber Schwan** …!

Hiermit endet die Typologie der Vogelwelt, wie sie sich vornehmlich im Schweizer Alltag präsentiert und gut zu beobachten ist. Es bleibt zu hoffen, dass die vorgetragenen wissenschaftlichen Erkenntnisse beflügelnd wirken, und dass sie dazu beitragen sich **vögeliwohl** zu fühlen!

Was die Vogel-Forschung in Zukunft noch bieten mag …………..das weiss der **Kuckuck**.

Einige Erklärungen zur „Vogelwelt":

Tropenvogel:
Der Ausdruck geht auf das Schweizer „Cabaret Rotstift" zurück. Ursprünglich von einigen Lehrern aus Schlieren ins Leben gerufen, wurden die Rotstiflter eines der bekanntesten Cabaret („Comedy") Ensembles der Schweiz und prägten viele Ausdrücke, die in die Alltagssprache eingegangen sind. Der „Troopevogel" gehört dazu.

Finken:
So werden in der Schweiz allgemein Hausschuhe jeder Art genannt, auch Pantoffeln. Deshalb auch die gefütterten **Winterfinken**, oder gestrickte **Hüttenfinken**.

Als **Winterfinken**, werden in der Schweiz warme **Hausschuhe** bezeichnet. **Winterfinken** ist aber auch ein umgangssprachlicher Ausdruck für **Winter-Reifen am Auto.**

Tigerfinken waren ursprünglich Kinderhausschuhe.
Sie erreichten mittlerweile Kultstatus.

Warum die Peking-Ente aufgeblasen ist:
Bei der Zubereitung nach Peking Art wird einer gerupften und zum Braten vorbereiteten Ente mit einem Strohhalm Luft unter die Haut geblasen, damit diese besonders kross wird. Chinesische Restaurants verfügen über speziell konstruierte Geräte dazu.

Sommervogel – Schmetterling / **Nachtvogel** – Fledermaus
In Schweizer Mundarten galten früher im Allgemeinen alle geflügelten Tiere als „Vogel".

„.....(bezeichnet) Muetergottesvogelti den Schmetterling, als Chabisvogel den Kohlweissling, als Määlvogel den Nachtfalter, als Martisvögeli das Marienkäferchen, als Nachtvogel die Fledermaus und als Schabevögeli die Kleidermotte. In traditioneller Mundart konnte man dem Bienenschwarm Vogel sagen oder von einem schwachen Bienenvolk behaupten „dr Imb hät weenig Vögel".

(**Zitat**: „Vom dummen Huhn bis zur Zeitungsente – der Vogel in der Sprache"; Christian Schmid, Schaffhausen, Vortrag im Museum Allerheiligen, 2010)